AF190273

Die Charaktere und Geschehnisse im Roman sind frei erfunden.
Etwaige Ähnlichkeiten mit lebenden oder verstorbenen Personen sind
rein zufällig.

Lydia Preischl

Rosie Bylers Bäckerei

Das Vermächtnis

Ein Amisch-Roman

Bibliografische Information der Deutschen Nationalbibliothek:
Die Deutsche Nationalbibliothek verzeichnet diese Publikation
in der Deutschen Nationalbibliografie; detaillierte bibliografische Daten sind im Internet über http://dnb.dnb.de abrufbar.

© 2017 Lydia Preischl
Herstellung und Verlag:
BoD – Books on Demand, Norderstedt

ISBN: 978-374487-4717

4

„Das. Ist. Echt. Lecker!" Rosie Byler saß am blankgescheuerten Tisch in der Wohnküche ihrer Großmutter und deutete mit dem rechten Zeigefinger auf den Lebkuchen, den sie in ihrer linken Hand hielt. Sie betonte jedes Wort einzeln, so begeistert war sie von Großmutters neuem Backwerk.

„Woher hast du dieses Rezept?" Sie erhob sich, schnappte sich einen zweiten Lebkuchen vom Teller, und ging zum Ofen hinüber, wo Rosetta Byler gerade ein neues Blech mit lecker duftendem Gebäck herauszog.

„Du erinnerst dich doch an die deutsche Dame, die kürzlich in meiner Bäckerei war?"

Rosie nickte. Sie kannte die Marotte ihrer Großmutter, ihre Kunden nach deren Lieblingsrezepten zu fragen. Dafür hatte sie eigens eine kleine Ecke im Laden eingerichtet, in der Papier und Stifte auf einem kleinen Tischchen lagen und immer auch ein paar Probierstücke eines Gebäcks. Wer sich die Mühe machte und tatsächlich etwas aufschrieb, dem gab ihre Großmutter einen Kaffee aus.

„Frau Holzmann hat mir ein Buch geschickt. Ein Weihnachtsbackbuch aus ihrer Heimat. Es ist eine Neuauflage von einem ganz alten Backbuch, mit den Zutaten, die man früher benutzt hat. Das Buch ist ein echter Schatz und ich habe ihr schon geschrieben, wie begeistert ich darüber bin", erklärte Rosetta, während sie mit der bloßen Hand die heißen Lebkuchen vom Blech auf ein Gitter legte.

Ihre Hände wären inzwischen aus Leder, pflegte sie zu sagen, wenn sie während einer solchen Aktion die entsetzten

Blicke ihrer Besucher wahrnahm. Rosie kannte das inzwischen und wunderte sich nicht mehr.

Stattdessen hielt sie Rosetta das Gitter hin und stellte es schließlich auf den Tisch nach vorne.

„Was ist es, das den Lebkuchen so lecker macht?" Rosie holte sich noch ein Exemplar vom Teller, bevor sie wieder zur Großmutter trat, und drehte das Gebäck in alle Richtungen. Schließlich brach sie es in zwei Teile und schnüffelte am saftigen Inneren.

Großmutter Byler beobachtete sie lächelnd. Ihre Wangen glänzten rot von der Hitze am Ofen und die Augen hinter den dicken Brillengläsern blickten schon ein wenig trübe drein. Wenn sie neue Rezepte entdecken wollte, musste sie die Lupe zu Hilfe nehmen.

Alle Byler-Frauen waren klein und neigten zu ausgiebiger Körperfülle. Auch Rosie war nicht gertenschlank, aber die harte Arbeit, die die tägliche Putz- und Hausarbeit oder die Pflege des Gartens mit sich brachte, hielt ihr Gewicht in gesunden Grenzen. Tatsächlich hatten einige der jungen Männer, die in der nahegelegenen Kutschenfabrik arbeiteten, ein Auge auf Rosettas hübsche Enkelin geworfen, die das natürlich zufrieden zur Kenntnis nahm. Wenn sich auch ein bestimmter Jemand leider ziemlich zurückhielt.

Rosie war jetzt sechzehn Jahre alt. Sie würde sich bald taufen lassen und dann unwiderruflich zur amischen Gemeinschaft gehören. Für Rosie selber gab es keinen anderen Weg. Sie hatte sich nie für die Welt interessiert, die schrillen Kleider, die Hektik, den Lärm, den die Touristenbusse mitbrachten, wenn sie ihr Dorf besichtigten. Trotzdem nahm sie für sich in Anspruch, während ihrer *Rumspringa*-Jahre in die Welt hinaus zu schnuppern, um zu sehen, was sie sicherlich nicht vermissen würde.

„Du warst gestern in Philadelphia?", fragte ihre Großmutter gerade, während sie zwei Teebecher mit dampfendem Pfefferminztee auf den Tisch stellte und sich auf den Stuhl Rosie gegenübersetzte.

Rosie nickte eifrig.

„Das war wirklich interessant. All die Menschen und Autos. Schon allein die Fahrt dorthin. Irgendwie überwältigend."

Rosie hielt ihre Hände an den Becher, um festzustellen, ob der Tee schon soweit abgekühlt war, damit sie ihn trinken konnte. Sie zog die Hände schnell wieder weg.

Rosetta schmunzelte. „Du wirst noch viele Kuchen backen müssen, damit deine Hände nicht mehr so empfindlich auf Hitze reagieren."

Rosie plusterte die Backen auf. „Das ist wohl wahr. Mama sagt auch immer, ich bin extrem empfindlich, wenn es um meine Hände geht."

„Und Philadelphia?" Großmutter nippte an ihrem Tee, hütete sich aber zuzugeben, dass er auch ihr zu heiß war.

„Wir waren in zwei Shopping-Centern und dann im Kino. Also ehrlich, Grandma, das ist nicht mein Ding. Man sitzt da stundenlang und schaut auf die Leinwand. Und dort machen irgendwelche Leute irgendwelche Sachen. Was soll das?" Rosie schüttelte den Kopf in Erinnerung an dieses Erlebnis. „Weißt du, Grandma. Die Stadt hat mir schon gefallen. Und irgendwie auch das Kino. Aber für immer so was, nein, wirklich nicht. Da brauche ich schon was Reelles. Und wenn es nur eine heiße Teetasse ist." Sie schmunzelte.

„Richtig so, Kind. Aber schau dich ruhig um. Wenn du getauft bist, ist das nicht mehr so einfach."

Rosie schaute ihre Großmutter, die gerade angelegentlich in die heiße Flüssigkeit starrte, verwundert an. Was meinte

sie damit, dass es nicht mehr so einfach wäre? Im Moment
konnte Rosie sich nicht vorstellen, dass sie Sehnsucht nach
der Welt da draußen bekommen würde. Aber interessant
war es schon, zu sehen, was für die Weltlichen grundsätzlich wichtig zu sein schien.

Die beiden Frauen schwiegen einen Moment. Rosie dachte
an ihr Zuhause. *House-at-the-Water* – ihr Dorf, das ein wenig anders war, als die anderen Ansiedlungen hier in Pennsylvania County. Nicht nur der seltsame Name lockte Touristen an, es war die Tatsache, dass House-at-the-Water
eine der wenigen amischen Dörfer war, das nur amische
Einwohner hatte. Keine Mennoniten und schon gar keine
englischen Nachbarn gab es hier. Das lag im Wesentlichen
daran, dass der Siedlungsplatz im Dorf begrenzt war. Lediglich zwei Farmer gab es hier, ansonsten hatten sich die
Leute Berufe gesucht, die weniger Grundbesitz benötigten.
Der knappe Platz war von dichtem Wald umgeben, der
von einer gut ausgebauten Landstraße durchschnitten
wurde. Zu House-at-the-Water führte eine Abzweigung,
die sich etwa eine Meile durch den Wald aufwärts schlän-
gelte und schließlich an ihrer Lichtung endete. Dort eben,
wo sich das Dorf seit Jahrzehnten ohne nennenswerte Ver-
änderung ausbreitete.

Direkt am Dorfanfang, dort, wo die Zufahrtsstraße sich ga-
belte und einerseits in die Richtung des Anwesens ihrer Eltern und andererseits an der Kutschenfabrik entlang, an
den Pferdekoppeln von Ed Stolzfus und der Farm von
Dave Hershey vorbei bis zum kleinen See führte, der dem
Ort seinen Namen gab, stand das aus einem Raum beste-
hende Schulhaus des Dorfes.

Am Ortseingang gab es einen Autoparkplatz, auf dem es
genug Platz für zwei Busse und noch ein paar PKWs gab.
Es war ein Zugeständnis der Ältesten an die moderne Zeit,

da die Besucher sonst mit ihren Fahrzeugen überall im Weg standen und selbst die schmalen Kutschen der Einheimischen zuweilen keinen Durchlass fanden. Auf diese Weise hielt man den Ort weitgehend autofrei. Nebeneffekt war, dass das Dorf noch urwüchsiger wirkte, als ohnehin schon.

Links und rechts der Ortsdurchgangsstraße, die bei ihnen vorbeiführte, gab es einige kleine Geschäfte, die sich mit Hilfe der Touristen gut behaupten konnten. Aber auch Mennoniten und Weltliche, die weiter unten an der Hauptstraße wohnten, kamen zuweilen, um einzukaufen.

Ihre Großmutter sprach in ihre Gedanken.

„Und wie war das Autofahren?"

Wieder hatte Rosie das Gefühl, dass ihre Großmutter auch gerne Philadelphia sehen würde. Oder hatte sie gar Sehnsucht nach der Welt und bereute es, dass sie den Weg ihrer Geburt weitergegangen war?

„Es war interessant." Damit benutzte Rosie dieses Wort zum wiederholten Male. Irgendwie konnte sie ihre Empfindungen gar nicht recht beschreiben. Es war fremd, anders. Aber nichts, was sie jetzt tiefer berührt hätte.

„Als ich in deinem Alter war, hatten wir auch unsere *Rumspringa*-Jahre. Aber wir hatten weder das Geld, noch die Möglichkeit, weiter als bis Coatesville zu kommen. Und das war damals auch noch ein Nest. Irgendwie würde ich gerne mal woandershin reisen und mir ein wenig von der Welt anschauen."

Als sie sah, wie Rosie vor Überraschung über die offenen Worte ihrer Großmutter die Augen aufriss, hob sie die Hand, um ihre Enkelin einzubremsen.

„Keine Aufregung, Rosie. Aber wenn man stundenlang in der Küche steht, dann macht man sich schon manchmal solche Gedanken. Und ja, ohne mein Leben in Frage zu stellen: Ich bedauere es schon, dass wir damals nicht die Möglichkeiten hatten, die ihr heute habt."

Rosie fiel etwas ein. „Was würdest du machen, wenn du in Philadelphia wärst?"

Die Antwort kam wie aus der Pistole geschossen: „In eine Buchhandlung gehen und Koch- und Backbücher kaufen. Das ist meine Passion. Ich glaube, es ist auch der Platz, den mir der Herr zugeteilt hat. Ich glaube nicht, dass es jemanden gibt, der ein Leben lang das immer Gleiche mit solcher Begeisterung macht, als ich die Arbeit in der Küche und in der Bäckerei." Sie lächelte versonnen.

Rosie nickte. Das entsprach der Wahrheit. Ihre Großmutter pflegte Lieder aus ihrem Gesangbuch, dem *Ausbund*, zu singen, wenn sie bei der Arbeit war und sich unbeobachtet wähnte. Ihr Gesicht war vollkommen entspannt, wenn sie Rezepte niederschrieb oder ihre Waren in dem kleinen Ladengeschäft einräumte. Ja, das war ein Segen, so einen Platz im Leben zugewiesen zu bekommen. Das verstand Rosie und sie wünschte, auch einmal so ein Glück zu haben.

Trotzdem war es unamisch, so zu denken. Jeder Platz war der richtige, ob er nun Spaß machte oder nicht. Man sollte sich darüber keine Gedanken machen.

„Hör zu, Grandma. Wie wäre es, wenn ich dir heute im Laden ein wenig aushelfe, dann kannst du noch ein wenig an deinen Rezepten herumbasteln."

„Hast du denn Zeit? Es ist Waschtag."

„Wir sind schon fertig damit. Mama konnte wahrscheinlich nicht schlafen, weil sie schon vor vier Uhr aufgestanden ist. Als ich sie hörte, konnte ich auch nicht mehr schlafen."

Sie grinste ein wenig schief. Denn grundsätzlich schlief Rosie durchaus gerne länger, zumindest länger als bis vier

Uhr morgens. Da war es schon ein Luxus, erst um halb sechs aufstehen zu müssen.

„Na gut, dann nehme ich dein Angebot gerne in Anspruch."

Wie auf Kommando erscholl im Laden, der an die Küche zur Straßenseite hin anschloss, die Türbimmel.

Rosie erhob sich, trank den Rest ihres Tees und ging nach vorne.

„Guten Morgen, Mrs. Bouwer. Was kann ich für Sie tun?"

„Guten Morgen, Rosie. Gibt es heute Nusskuchen?"

„Aber sicher. Wie viele Stücke hätten Sie denn gerne?"

„Oh, einen ganzen. Ich bringe ihn meiner Mutter ins Seniorenheim. Die alten Herrschaften sind ganz wild auf den Nusskuchen Ihrer Großmutter und auf eine Tasse guten Kaffees." Mrs. Bouwer lächelte Rosie freundlich zu. Sie war eine Weltliche, die nicht direkt in der Nähe wohnte, aber zuweilen vorbeikam, um einige von Rosettas Leckerbissen zu holen.

„Und noch einen Nussstrudel." Mrs. Bouwer hatte eine Vorliebe für Nüsse. „Und noch zehn von diesen leckeren Käsebrötchen. Die bekomme ich sonst nirgends."

Rosie hatte die Sachen eifrig zusammengepackt und wartete nun darauf, ob Mrs. Bouwer noch weitere Wünsche hatte.

Inzwischen waren die nächsten Kunden in den Laden gekommen. In den nächsten zwei Stunden riss der Kundenstrom nicht ab, so dass Rosie eine Menge zu tun hatte. Die letzten Kunden waren einige der Männer aus der Kutschenfabrik von Henry Stolzfus, die sich ihren Lunch holten. Und auch, wenn sie es niemals zugegeben hätte, ihr liebster Kunde war heute nicht dabei…

Nachdem Rosie gegen ein Uhr nachmittags die Ladentüre zur Mittagspause geschlossen hatte, gingen Rosetta und sie hinüber in das große Familienzimmer ihrer Eltern. Eigentlich war Rosettas Backstube der Wohnraum des *Großdaddyhauses*, in dem sie zusammen mit ihrem Mann einige Jahre verbrachte, nachdem sie ihren Besitz ihrem Sohn, Rosies Vater, übergeben hatten. Dann starb Rosies Großvater bei einem Unfall und Rosetta hatte sich die Bäckerei aufgebaut. Zuvor hatte sie ihre Backwerke an einen Laden in Bird-in-Hand geliefert. Um ein kleines Ladengeschäft zu erhalten, trennte Rosies Vater den Wohnraum in die Backstube und den Ladenbereich. Obgleich die Ältesten in den Ladengeschäften Strom erlaubt hatten, ging Rosetta auch hier den traditionellen Weg. Sie beleuchtete den Laden mit Öllampen, was gerade in den frühen Stunden der Wintertage einerseits hell genug war, auf die auswärtigen Kunden aber auch sehr romantisch wirkte. In allen sonstigen Teilen der Häuser gab es ohnehin die übliche Beleuchtung mit stromunabhängigen Gas- oder Ölleuchten. Rosetta hätte nach dem Beschluss der Ältesten auch einen strombetriebenen Ofen anschaffen können, doch auch hier bevorzugte sie nach wie vor die altherkömmliche Methode. Sie backte in zwei gasbetriebenen Herden und ihrem guten alten Holzofen. Und sie behauptete steif und fest, dass Backwaren, die mit Strom gebacken werden, nicht so gut schmecken würden.

Auch Telefonanschlüsse erlaubten die Ältesten zu Geschäftszwecken, die meisten entschieden aber, das Dorftelefon zu benutzen, das im Büro der Kutschenmanufaktur von Henry Stolzfus stand.

Dorthin hatte Rosetta ihre Enkelin nach dem Lunch geschickt. Rosetta benötigte einiges an Rohstoffen, die sie sich von einem Großhändler liefern ließ. Ihre Bestellungen gab Mrs. Finch durch, die als Bürokraft bei Henry Stolzfus arbeitete. Sie war Herrscherin über ein modernes Büro mit PC, Kopierapparat, Telefon und allerlei sonstigen Dingen, die mit Strom aus der Steckdose versorgt wurden und den Leuten im Dorf nicht erlaubt waren. Die Gemeinschaft in House-at-the-Water nutzte Mrs. Finches Dienste, um geschäftliche Transaktionen abzuwickeln, Bestellungen aufzugeben und Zahlungen zu leisten oder einfach, um Werbung für ihre Produkte zu machen. Dazu hatte die patente Mrs. Finch eine Website erstellt, die immer mehr Nutzer fand. Besonders der Quiltshop profitierte von Mrs. Finches Geschäftssinn. Es verging kaum ein Tag, an dem keine Bestellung für den kleinen Laden einging. Deshalb verkauften einige der Damen im Dorf ihre selbsthergestellten wertvollen Quilts bei Elli Glick.

Rosettas Auftrag gefiel Rosie. Sie ging die wenigen Schritte bis zur Kutschenmanufaktur beschwingt und in freudiger Erregung. Vielleicht konnte sie ja einen Blick… Sie spürte, wie ihre Wangen glühten und befahl sich selber, sich nicht so albern zu benehmen.

„Hallo Mrs. Finch", grüßte sie, als sie das Büro betrat. Es war an das Wohnhaus der Stolzfus-Familie angebaut und sah aus wie ein Laden mit großen Fenstern und einer gläsernen Eingangstür. Gleich daneben konnte man die Werkhalle betreten, in der die in der Amisch-Welt begehrten Kutschen hergestellt wurde.

Mrs. Finch tippte in ihren PC und schaute nicht auf, als Rosie hereinkam. Sie war um die dreißig Jahre alt und passte sich in ihrer Erscheinung an ihre Umgebung an. So lange Rosie sie kannte, kam sie mit weitschwingenden, zumeist in dunklen Farben gehaltenen Röcken, die unterhalb des Knies endeten, und einer passenden, hochgeschlossenen

Bluse zur Arbeit. Lediglich bei großer Hitze gestand sie sich eine kurzärmelige Bluse zu. Ihre Haare hatte sie entweder zu einem Pferdeschwanz oder zu einem Dutt zusammengebunden. Vor einigen Wochen hatte Rosie die junge Frau in Coatesville in dem Supermarkt gesehen, in dem ihre Mutter zuweilen Großeinkauf machte. Dort trug sie eine enge Jeans und ein Shirt mit Spaghettiträgern. Ihre Haare fielen in weichen Locken über die Schultern. Rosie wusste also, dass Mrs. Finch durchaus eine moderne weltliche junge Frau war, die jedoch ihre Arbeit in der Welt der Amisch sehr ernst nahm.

„So, jetzt. Ich wollte bloß noch die Mail fertigschreiben." Mrs. Finch lächelte und wandte sich Rosie zu. „Was kann ich für Rosetta tun?", erriet sie.

„Eine Bestellung an Miller und Miller." Rosie reichte den Zettel, den Rosetta handschriftlich ausgefüllt hatte, über den Schreibtisch.

Mrs. Finch holte einen schmalen Aktenordner zu sich heran, öffnete ihn und legte den Zettel zuoberst hinein. Dann tippte sie die Zahlen in die Bestellmaske der Firma, deren Internetseite sie gerade aufgerufen hatte.

„Es wird kurze Zeit dauern, dann kannst du die Bestellbestätigung gleich mitnehmen…" Der jungen Frau war nicht entgangen, dass Rosie die Zeit genutzt hatte, um durch ein Verbindungsfenster zwischen Büro und Fertigungshalle einen oder auch mehrere verstohlene Blicke zu werfen. Sie schmunzelte. „Aber vielleicht könntest du mir in der Zwischenzeit einen Dienst erweisen?"

Rosie fühlte sich ertappt und antwortete eine Spur zu schnell: „Gerne, natürlich, klar."

„Könntest du für mich in die Halle gehen und Mr. Fisher sagen, dass er kurz bei mir vorbeischauen sollte?"

Mr. Fisher war einer der Vorarbeiter in der Werkstatt.

„In die Halle … äh, ja klar."

Rosies Aufregung wuchs mit jedem Schritt, den sie dem Halleneingang näherkam.

Eigentlich war es eine Scheune, in die nachträglich einige Fenster eingebaut worden waren, um sie besser zu beleuchten. Auch dort gab es Strom, der allerdings nur für die Lampen benutzt wurde. Ansonsten wurden die Kutschen in hundertprozentiger Handarbeit ohne moderne Hilfsmittel hergestellt. Und genau diese Tatsache machte die Gefährte so interessant für die Old Order Amisch, jene Gruppen, die streng nach den alten Regeln lebten und jegliche Moderne ablehnten. Henry Stolzfus lieferte die Kutschen bis nach Ohio, wo es noch besonders viele konservative Gemeinschaften gab.

Als Rosie durch die Reihen der Männer ging, die mit ihrer Arbeit beschäftigt waren, senkte sie nach Amisch-Art züchtig den Kopf. Als unverheiratete Frau musste sie auf Zurückhaltung bedacht sein. Dennoch versuchte sie aus den Augenwinkeln … Da entdeckte sie ihn! Jason Burkholder! Er hatte sich über einen Kutschbock gebeugt, um irgendwelche Schrauben anzuziehen. Als sie in seine Nähe kam, schaute er zufällig in die Höhe. Der Schraubenschlüssel, den er in der Hand hielt, fiel klirrend zu Boden. Niemand sonst nahm davon Notiz, da es insgesamt recht laut in der Halle zuging, in der immerhin zehn Männer zugange waren.

Rosie jedoch erschrak und vergaß ihre Zurückhaltung, als das Werkzeug direkt neben ihr auf den Boden aufkam. Jasons und ihre Blicke trafen sich für einen Moment, bis Rosie sofort wieder auf den Boden schaute. Doch der eine Blick hatte genügt.

Jason sah so gut aus! Wenn er sich nur für sie interessieren könnte! Er hatte seinen Hut auf dem Kutschbock liegen und so konnte sie ihn kurz ohne Kopfbedeckung sehen. Seine schwarzen Haare widerstanden der üblichen Männerfrisur, einer Art Pagenschnitt, der bis über die Ohren reichte. Jasons Haare wellten sich und umkränzten sein für die frühe Jahreszeit reichlich braungebranntes Gesicht auf äußerst attraktive Art und Weise. Er hatte die Ärmel seines Hemdes hochgekrempelt und gab einen Blick auf seine muskulösen Arme frei. Rosie fühlte, wie ihre Knie weich wurden, und benötigte ihre ganze Konzentration dafür, unfallfrei weitergehen zu können.

„Tut mir leid!", sagte Jason, während er den Schraubenschlüssel wieder aufhob. „Ich hoffe, ich habe dich nicht erschreckt."

„Oh, nein. Natürlich nicht", presste Rosie hervor und setzte ihren Weg fort, nicht ohne Jason mit einem schüchternem Lächeln zu bedenken.

Als sie wenig später ihren Auftrag beendet hatte und mit dem Bestellpapier von Mrs. Finch wieder ihren Heimweg antrat, atmete sie tief durch.

Jason gefiel ihr. Immer besser. Ausnehmend gut.

Sie hatte ihn bei einigen Singabenden, zu denen sich die Dorfjugend und auch einige Jugendliche von außerhalb trafen, gesehen, aber bisher noch kein Wort mit ihm gewechselt. Nun war sie ein wenig aus dem Gleichgewicht gebracht worden und sie blieb kurz stehen, um in die Ferne zu blicken und sich wieder zu sortieren. Es gab zwischen Elias Smuckers Restaurant und dem Geschenkeladen von Joan Parker eine Lücke, durch die man einen sagenhaften Blick über die Baumwipfel hinweg in das weite Land blicken konnte. Insgesamt lag House-at-the-Water zwar in einem Tal, aber es handelte sich um eine Hochebene, die zur einen Seite hin weiter abfiel. Der Blick hinunter auf die ver-

einzelt stehenden Bauernhöfe, die amischen oder mennonitischen Besitzern gehörten, das noch zurückhaltende
Grün auf den Wiesen und die frisch angesäten Felder fas-
zinierten Rosie immer wieder aufs Neue. Wie konnte jemand nur daran denken, diesen wunderbaren Ort zu verlassen?

Wohl oder übel musste sie sich von dem majestätischen
Anblick losreißen. Schräg hinter ihr lag das Haus ihrer Eltern und das *Großdaddyhaus* mit Rosettas Laden. Sie
wandte sich um und blickte auf den bewaldeten Berghang,
der sich hinter dem Dorf auftat. Der ausladende Wald gehörte der Gemeinschaft, die geräumigen Grundstücke den
einzelnen Familien. Aber bis auf die beiden Bauernhöfe
von Daniel Miller und Dave Hershey hatte im Ort niemand
genug Land, um von der Landwirtschaft leben zu können.
Deshalb hatten sich die Familien früh umorientiert und
sich andere Einnahmemöglichkeiten gesucht. In den großen Gärten wurde jeder Quadratzentimeter für den Anbau
von Obst- und Gemüse genutzt. Es gab Hühner und Zie-
gen, deren Produkte reißenden Absatz fanden. Die Familien lieferten sie an Geschäfte in Bird-in-Hand oder an die
örtlichen Läden. Die Männer schließlich arbeiteten zumindest zeitweise in der Kutschenfabrik oder in einem anderen Handwerk, um ihre Familie ernähren zu können.

Sie wusste, dass die Männer ihres Bezirks, der sich über
das Dorf und einige weitere Höfe in der Umgebung er-
streckte, am Samstag eine Zusammenkunft haben würden.
Es ging wohl um den Ort und die besondere Situation hier,
aber Rosie kümmerte sich nicht um Sachen, die sie nichts
angingen. Es war Sache der Männer, sich darüber den Kopf
zu zerbrechen.

Das alles schoss Rosie durch den Kopf, als sie ganz bewusst die Geschäfte betrachtete, die sich entlang der Straße angesiedelt hatten. Die Familien konnten von den Einnahmen einigermaßen leben, sofern nicht etwas Unvorhergesehenes passierte. Aber dafür waren sie Amisch. Um sich gegenseitig zu helfen und einzuspringen, wenn Not am Mann war.

Kapitel 2

In den nächsten Tagen kam Rosie nicht dazu, auch nur einen Gedanken an das Singen, an Heiratskandidaten und an einen davon im Besondern zu verschwenden. Die Frühjahrsarbeit im Garten wollte getan werden, was hieß, dass sie von früh bis spät auf dem riesigen Grundstück unterwegs war und ihren Eltern assistierte. Gleich hinter dem Haus, dort, wo keine Bäume die Sonne behinderten, befanden sich die Frühbeete, wo ihre Mutter Salat- und sonstige Pflanzen herangezogen hatte. Nun wurden sie in das Gewächshaus umgepflanzt. Das Gewächshaus war ihres Vaters ganzer Stolz. Er selber würde das natürlich nicht zugeben, denn Stolz gehörte nicht zu amischen Gepflogenheiten. Nichtsdestotrotz hielt er sich viele Stunden in der Woche dort auf, um kleinere Reparaturen vorzunehmen, neuen Platz zu schaffen, Frühlingspflanzen ins Freie zu bringen und neue Sämlinge auszusäen. Grundsätzlich mochte Rosie die Arbeit im Garten, manches mehr, manches weniger. Aber alles musste eben gemacht werden. Sie hielt sich im Frühjahr gerne im Gewächshaus auf. Da war es angenehm warm und es roch nach frischer Erde. Die Arbeit mit dem Frühbeet mochte sie weniger. Sie liebte es ganz und gar nicht, im Bücken oder kniend tätig zu sein, weil ihre Knie nach kurzer Zeit zu schmerzen begannen. Aus dem gleichen Grund half sie auch nicht gerne beim Schrubben des Holzbodens im Haus. Viel lieber wusch sie Wände und Fenster.

Heute war ihre Aufgabe, Tomatenpflanzen zu vereinzeln und ausreichend große Pflanzen umzutopfen. Sie würden bei der guten Pflege, die ihnen ihre Mutter angedeihen ließ, rasch wachsen und die viele Arbeit mit leckeren Tomaten belohnen.

„Ich habe eine neue Sorte ausprobiert. Kirschtomaten. Im Supermarkt gibt es fast nur noch diese kleinen Tomaten, kaum mehr die großen, fleischigen Früchte. Die Englischen scheinen sie zu lieben", erzählte ihre Mutter gerade, während sie den Platz, an dem die Tomatentöpfchen verweilen sollten, sauber machte und den Tisch vorbereitete.

Die *Englischen*. Es war der Ausdruck der Amisch für alle Leute, die nicht der eigenen Religion angehörten. Lediglich die Mennoniten, von denen viele aus den Reihen der Amisch kamen, wurden davon ausgenommen.

„Ja, ich mag sie auch gerne aus der Hand essen. Sie sind so süß", stimmte Rosie gutgelaunt zu. Sie hatte die Ärmel ihres Arbeitskleides nach hinten gekrempelt und wischte sich die Hände an ihrer Gärtnerschürze ab, die sie nur hier im Gewächshaus trug, so schmuddelig war sie inzwischen geworden. Selbst mit größter Mühe gelang es Rosie nicht mehr, sie einigermaßen sauber zu waschen. Aber der Herr hatte Arbeit werden lassen, da wird ihn eine schmutzige Schürze wohl kaum stören. Sie lächelte in sich hinein, als ihr diese Erkenntnis durch den Kopf ging.

„Wenn du keine andere Arbeit für mich hast, bereite ich die Pflanzkartoffeln zum Vorkeimen vor. Vater hat mir die Eimer herausgestellt."

„Nein, mach nur. Ich stelle nur noch die Tomatentöpfe um und pflanze ein paar Salatpflanzen. Dann wird es Zeit fürs Abendessen."

Eifrig machte sich ihre kleine, runde Mutter an die Arbeit, um die von Rosie gepflanzten Töpfchen auf den blankpolierten Platz an der Sonne zu befördern. Rosie liebte es, ihr zuzusehen. Jeder Handgriff schien zu sitzen. Sie hatte einen festen Griff und wusste immer genau, was zu tun war.

Rosie bewunderte sie dafür. Sie selber nahm sich häufig als tollpatschig wahr, jemand, dem ständig Sachen aus der Hand fielen, die schnell nervös wurde, wenn etwas nicht sofort klappte, und relativ rasch in Panik verfiel, wenn sie vor einem Problem stand, dessen Lösung sie nicht gleich durchschaute.

„Ich werde nicht lange brauchen, dann komme ich und helfe dir", gab Rosie ihrer Mutter noch mit auf den Weg in die Küche.

Rosie schleppte den ersten Eimer herein und suchte aus den über den Winter schrumpelig gewordenen Kartoffeln diejenigen heraus, die schon kleine Keimaugen zeigten. Sie legte sie auf große Platten und verschaffte ihnen ein warmes Plätzchen in dem geräumigen Gewächshaus. Als sie auch die restlichen fünf Eimer auf diese Weise sortiert hatte, nahm sie den Rest mit hinaus, um sie in die Scheune zu bringen, die im rechten Winkel neben dem Haus stand und von erheblich kleineren Ausmaßen war, als die sonst üblichen der Landwirte. In der Scheune der Bylers lagerten Werkzeuge, Töpfe, Kisten, Platten und was man sonst für die Arbeit in einem ausladenden Garten brauchte. In einem winzigen steinernen Anbau stand ein merkwürdiger Ofen, der aus einem Heizelement und einem darauf festsitzenden großen Topf bestand. Große Mengen Kochgut konnten damit hergestellt werden. Normalerweise benutzten ihre Eltern den Ofen, um Kartoffeln zur Zufütterung zum Getreide für die vielen Hühner zu kochen, was einmal in der Woche passierte. Aber manchmal, wenn geschlachtet wurde, benutzten die Frauen den blankgescheuerten Ofen auch, um Fleisch zu sieden und zum Einmachen vorzubereiten.

Rosie nahm die Schürze ab und hängte sie an den dafür vorgesehenen Platz. Dann säuberte sie ihre Hände an der Wasserpumpe, die für die Gartenbewässerung genutzt wurde, und ging durch den Hintereingang ins Haus. Nur selten klopften Besucher am Vordereingang, der in einen Vorgarten zur Straße hinausging. Bei den Amisch war es üblich, den Hintereingang zu benutzen. Da sich alle wie in einer großen Familie fühlten, war der Familieneingang auch der richtige Weg, um das Haus der Nachbarn oder Freunde zu besuchen.

Ihre Mutter werkelte in der Wohnküche.
„Ich komme gleich, Mama." Rosie steckte ihren Kopf in den großen Raum, um sofort wieder zu verschwinden und die hölzerne Treppe hinauf zu den Schlafräumen zu erklimmen. Sie hatte sich mehrmals den Schweiß aus dem Gesicht gewischt und hatte nun das dringende Bedürfnis, sich das Gesicht zu waschen. Dazu nahm sie ihre *Kapp,* die typische Kopfbedeckung, die sie von früh bis spät trug, ab und schüttete Wasser in die Waschschüssel auf ihrem Zimmer. Als sie das Gefühl hatte, jeglichen Schmutz erwischt zu haben, drehte sie ihr langen dunklen Haare wieder zum obligatorischen Dutt und setzte ihre Kapp wieder auf. Keine amische Frau brauchte dazu einen Spiegel. Es war alltäglich und tausendfach geübt, damit alles richtig saß.
Wenig später stand sie neben ihrer Mutter in der Küche und rührte eine leckere Quarkcreme mit Eiern, Zucker und Grieß zusammen und ließ sie in eine Auflaufform gleiten.
„Was soll ich denn für Obst nehmen?" Rosie stellte die Form auf die seitliche Ablage und wischte sich ihre Hände ab.

„Wir haben noch viele Äpfel. Hast du Lust auf Apfelauf-lauf?" Ihre Mutter sah sie lächelnd an, wissend, dass Rosie Äpfel liebte.

„Äpfel sind gut. Ich hole gleich ein Glas."

Die junge Frau liebte nicht nur Quarkauflauf aus einge-machten Äpfeln, sondern überhaupt Aufläufe aller Art. Und Strudel. Und die Pies ihrer Großmutter. Und alles Süße. Sie seufzte, was ihrer Mutter ein erneutes Lächeln entlockte.

„So schlimm?", fragte sie gespielt besorgt.

„Ach, ich dachte nur daran, dass ich aufhören sollte, so viele süße Sachen zu essen", sagte Rosie und begleitete den Satz mit einem erneuten tiefen Seufzer.

„Warum?" Mutter Byler wusste natürlich, dass sich Rosie Sorgen um ihre Figur machte.

Rosie sah an sich hinunter.

„Ich werde zu dick", stellte sie zerknirscht fest.

„Merkst du es an deinen Kleidern?"

„Eigentlich nicht."

„Dann hör auf, so eitel zu sein. Eitelkeit ist kein Charakter-zug, den ich gerne an dir sehe." Elizabeth konnte nicht an-ders, als ihre Tochter freundlich zurechtzuweisen.

„Ja, du hast recht. Statt mich zu beklagen, sollte ich mich lieber zusammenreißen. – Könnten wir heute nicht mal Pflaumen nehmen?" Rosie mochte Pflaumen nicht.

„Nimm, was du nehmen möchtest. Aber sieh zu, dass du den Auflauf in den Ofen bekommst. Der Eintopf ist gleich fertig." Für ihre Mutter war das Gespräch beendet, da sie sich nun nachdrücklich mit dem Fleischeintopf beschäf-tigte und als letzte Gemüsesorten noch Blumenkohl und Erbsen zugab.

Rosie beeilte sich also damit, in den Keller hinabzusteigen, um ein Glas Pflaumen zu holen. Sie hatten im Herbst so viel eingemacht, dass beinahe täglich eine der leckeren Obstkonserven auf den Tisch kam.

Für die inzwischen recht klein gewordene Familie hatten sie mittelgroße Gläser gewählt, während im Kellerabteil ihrer Großmutter die Vorräte für die Bäckerei standen. In diese Gläser passten fünf Liter und Rosie hatte immer Mühe damit, die glatten, sperrigen Gläser zu holen, falls ihre Großmutter Nachschub benötigte. Rosie fiel ein, dass sie ihre Großmutter noch fragen musste, was sie für ihr Gebäck am nächsten Morgen brauchen würde.

Rasch war der Auflauf im Ofen und sie entschloss sich, gleich in den Laden hinüberzugehen. Das *Großdaddyhaus* war durch eine Tür im Treppenhaus mit dem Haupthaus verbunden, so dass sie rasch hinübereilen konnte.

Ihre Großmutter brauchte – und zwar eine ganze Menge! Auch sie hatte bemerkt, dass noch einiges an Vorräten da war und bald das Frühobst und -gemüse gedeihen würde. Rosie schleppte drei große Gläser mit eingemachtem Kürbis in Großmutters Backstube, dazu noch Äpfel und Birnen. Es würde Kürbiskuchen und -pies geben, Apfel-Quarkkuchen und Birnentartes. Eine ganze Menge Arbeit, die am frühen Morgen getan werden musste, damit die Ladentheke für die Kunden wieder gut gefüllt sein würde.

Inzwischen jedenfalls war der Laden geschlossen und Großmutter Byler hatte den kleinen Raum bereits komplett gesäubert. Die wenigen übrigen Backwerke fanden ihren Weg in die Vorratsecke, die lediglich ein abgetrennter Bereich in der Backstube war.

Selten gab es viel, was am Abend nicht verkauft worden war, und die Kuchen, die übriggeblieben waren, würden am nächsten Morgen günstiger an die Kunden abgegeben – falls ihre Großmutter sich nicht noch zu einem spontanen

Besuch bei einer der Familien entschloss, um das Gebäck als Gastgeschenk mitzubringen. Sie suchte sich dazu stets jemanden aus, von dem man hörte, dass er oder sie gerade in einer Klemme steckte oder Hilfe benötigte. Dabei war es gar nicht nötig, Hilfe in einen harmlosen Besuch zu verpacken. Wer Hilfe bedurfte nahm sie an, wer half, half gerne. Ein Dankeschön wurde nicht erwartet, da dieses Geben und Nehmen eine der wichtigsten Aufgaben der Gemeinschaft war.

Nach dem Abendessen und dem Abwasch bat John Byler seine Familie in die Wohnküche. An sich war dies ganz und gar nichts Besonderes. Die Bylers saßen oft nach Einbruch der Dunkelheit zusammen, lasen in der Bibel oder dem amischen Magazin, das ihr Vater abonniert hatte, oder auch in Kochbüchern, zumindest was die Frauen der Familie betraf. Dazu bedurfte es keiner besonderen Einladung. Diesmal war es anders. John Byler hatte explizit darum gebeten, dass sich alle rund um den blankgescheuerten massiven Eichentisch, der seit Generationen in der Familie war, versammelten. Alle, auch Rosetta, die zwar mit der Familie zu essen pflegte, dann aber sehr früh schlafen ging.
Rosie wunderte sich. Nicht nur wegen der seltsamen Bitte ihres Vaters sondern auch, weil sich ihre Großmutter an die Seite ihres Sohnes setzte und so aussah, als wüsste sie, was nun kommen würde. Nun erinnerte sich Rosie auch daran, die beiden heute am späten Nachmittag eifrig miteinander palavernd in der Backstube zusammen gesehen zu haben. Und das war durchaus etwas Besonderes. Amische Männer hatten üblicherweise keine Zeit, während des Tages, zumal es sich um einen herrlichen Frühlingstag handelte, in einer Backstube aufzuhalten.

Rosie bemühte sich zwar, ihre Neugierde im Zaum zu halten, aber trotzdem sah man ihr die Spannung über die Frage an, was nun zu so einem hochoffiziellen Familientreffen führen konnte.

„Die Männer unseres Bezirks hatten am letzten Samstag ein Treffen", begann John in der ihm eigenen getragenen Art zu sprechen.

Rosie nickte. Das hatte sie mitbekommen. Worum es ging, wusste sie allerdings nicht.

„Dabei haben wir über die Zukunft von House-at-the-Water gesprochen. Das Problem ist, dass nur wenige von uns genug Land haben, um ausreichend für unsere Familien sorgen zu können. Gut, dass wir die Arbeit in der Kutschenfabrik haben, mit der einige von uns sich zuweilen etwas hinzuverdienen können. Vor allem unsere jungen Männer, die ja Familien gründen wollen." Er machte eine Pause und strich sich über den brustlangen dunklen Bart, in den sich langsam aber sicher silberne Fäden einschlichen.

Rosetta legte ihre gefalteten Hände auf den Tisch und wartete geduldig darauf, dass John weitersprach. Seine Frau saß im Schaukelstuhl und genoss die leise Bewegung des bequemen Möbels. Rosie hingegen wurde langsam unruhig. Nicht nur ihr Vater und ihre Großmutter schienen über das Thema dieses Abends Bescheid zu wissen, auch ihre Mutter bedrängte keine Neugierde. Vielleicht wusste sie sie aber nur besser zu verbergen als ihre Tochter.

„Aber die Versammlung war sich darüber einig, dass wir zuallererst unsere Familien absichern müssen, was bedeutet, dass wir zuweilen auch Wege gehen müssen, die ein Stück in die *Welt* hinausführen. Wir haben uns dazu entschlossen, die Idee von Mrs. Finch aufzugreifen und ein wenig Werbung für uns und unsere Produkte zu machen."

Rosie rutschte nervös auf ihrem Stuhl herum, was ihre Mutter zu einem Stirnrunzeln nötigte.

„Wir wollen Touristen ins Dorf bringen, um uns ein Einkommen zu schaffen. Die Läden, die schon da sind, bieten schon ziemlich viel an. Jetzt haben wir uns nach einigem Hin und Her dazu entschlossen, auf dem Grundstück von Aaron Glick einen Obst- und Gemüsemarkt zu eröffnen. Wir bezahlen Aaron eine Art Miete und können dafür unsere Waren bei ihm anbieten. Und wir können uns gegenseitig abstimmen, wer was anbaut. Dann können wir unsere Sachen auf eigene Rechnung verkaufen und sind auf niemanden mehr angewiesen. Ed Stolzfus wird Kutschenfahrten anbieten und Pferdereiten mit den Kindern. Elias Smuckers Restaurant ist ohnehin schon sehr bekannt. Aber er wird in Zukunft bereits frühmorgens öffnen und auch Frühstück anbieten. Und die Bäckerei von Rosetta...," John bedachte seine Mutter mit einem liebevollen Blick, „... wird ausgebaut. Die Backstube bleibt, wo sie ist, aber die Wand hinter der Theke, die in Mutters Schlafzimmer führt, wird durchgebrochen. Dort wird ein kleines Café eingerichtet. Im Sommer wird es auch vor dem Gebäude ein paar Sitzplätze geben."

Während der erstaunlichen Eröffnung ihres Vaters hatte sich Mutters Blick mehr und mehr verdüstert. Rosie fragte sich, ob Elizabeth tatsächlich nichts davon gewusst hatte, denn sie wirkte nun sehr ärgerlich.

„Wir ziehen die ganzen Weltlichen hierher. Was kommt als Nächstes? Strom? Autos? Diese... diese ... Computerdinger?" Sie schaukelte heftiger und umfasste die Armlehne des Schaukelstuhls so kräftig mit ihren Händen, dass die Fingerknöchel weiß hervortraten.

Rosie sah von ihrer Mutter zu ihrem Vater. Dessen Stirn lag nun auch in Falten. Und die Augenbrauen hatten sich bedrohlich zusammengezogen. Grundsätzlich war John Byler ein freundlicher, zuvorkommender Mensch. Auch und gerade zu seiner Familie. Zuweilen konnte er aufbrausen. In Erwartung einer Standpauke zog Rosie die Schultern in die Höhe, doch ihr Vater schwieg. Es war ihm sehr daran gelegen, gerade jetzt nicht laut zu werden. Rosie sah förmlich, wie er zwei drei Mal tief durchatmete und schließlich wieder zu reden begann. Immer noch ruhig und gefasst.

„Wir haben viele Male darüber geredet und diskutiert und Alternativen gesucht. Aber letztendlich bleibt uns nichts übrig, wenn wir hier in House-at-the-Water überleben wollen. Oder möchte jemand von euch hier weggehen?" Sein Blick wanderte von seiner Mutter zu Rosie zu Elizabeth. Dort blieb er haften.

„Was bleibt uns denn übrig?", fragte er erneut. „Nicht jede Familie ist so klein wie unsere. Die meisten haben fünf und mehr Kinder. Wenn die jungen Familien kein Auskommen haben, dann gehen sie weg. Dann wird das Dorf früher oder später leer sein. Das will niemand. Unsere Vorfahren haben sich dafür entschieden, sich hier niederzulassen, obwohl sie wussten, dass diese Lichtung nur begrenzten Platz bereithält. Und sie haben es viele Jahrhunderte lang geschafft, das Dorf am Leben zu halten. Soll unsere Generation daran schuld sein, wenn es stirbt?"

Ihre Mutter bemühte sich, nicht allzu wütend auszusehen und ihr Vater glättete seine Miene wieder.

„Was ich euch so lange zu erklären versuche ist, dass wir uns öffnen müssen. Wenn wir dafür sorgen, dass Touristen oder auch unsere englischen Nachbarn kommen, um ihre Einkäufe hier zu erledigen, dann können wir unsere Familien damit ernähren. Ihr wisst, dass die Leute unsere Produkte mögen." Er wandte sich nun direkt an seine Frau.

„Elizabeth, du hast recht. Wir haben lange überlegt, wie wir das mit dem Strom machen. Wir machen es so, wie es in anderen Bezirken auch schon üblich ist und es einige von uns auch schon lange praktizieren. Es gibt Strom in den Läden und dort, wo er für das Geschäft gebraucht wird. Es gibt keinen Strom im privaten Bereich. Jeder, der ein Geschäft hat, kann sich ein Telefon anschaffen – oder weiterhin das in der Kutschenfabrik benutzen. Und es obliegt der Verantwortung jedes einzelnen, dass es nur für geschäftliche Zwecke genutzt wird. Wobei wir, so wie wir es immer machen, aufeinander aufpassen."

Nun lächelte John Byler sogar. „Glaubt nicht, dass wir besonders glücklich über diese Entscheidung wären, aber es ist nun einmal die einzige Möglichkeit."

Rosie hatte sich alles in Ruhe angehört. Ein Café also. Und die Bäckerei vergrößern. Wer sollte all die Arbeit tun? Als sie noch bei diesem Gedanken verharrte, wandte sich ihr Vater an sie persönlich.

„Für dich, Rosie, habe ich auch ein Angebot. Ich habe mit deiner Großmutter gesprochen und nach einer Lösung dafür gesucht, wer all die Arbeit in der Bäckerei tun soll. Dabei haben wir gedacht, dass du deine Anstellung bei Mrs. Rutherford aufgibst und stattdessen in der Bäckerei arbeitest. Du wirst Lohn dafür bekommen, weil wir verstehen, dass du als junge Frau auch Bedürfnisse hast. Immerhin ist es noch die Zeit deiner Orientierung."

Nun war es an Rosie, tief durchzuatmen. Sie kannte niemanden, der einen derart verständnisvollen Vater hatte. Andererseits hatte sie ihren Eltern auch nie das Gefühl gegeben, dass sie über die Stränge schlagen müsste.

„Für Großmutter arbeiten? Gegen Geld? Ich weiß nicht, ob ich Geld dafür annehmen könnte! Ich bekomme doch alles, was ich brauche."

„Dann einigen wir uns darauf, dass wir es Taschengeld nennen. Ich lege das übrige Geld dann für deine Aussteuer bereit", schmunzelte ihre Großmutter mit heimlichen Stolz im Herzen über ihre vernünftige Enkelin.

„Wir werden nächste Woche mit dem Umbau beginnen. Joseph und sein Schwiegervater werden herkommen und mir helfen. Die Bäckerei wird so lange geschlossen."

Joseph war Rosies Bruder, der seit seiner Hochzeit auf der Farm seines Schwiegervaters im Nachbarbezirk wohnte und sie auch einmal übernehmen würde. Dem Vernehmen nach wollte Rhodas Vater mit seiner Frau noch in diesem Sommer ins *Großdaddyhaus* ziehen.

Rosie freute sich auf Joseph. Sie mochte ihren einzigen Bruder, der einige Jahre älter als sie selber war und sie liebte seine Ehefrau und die beiden Kinder.

Ob sie glücklich über die Entscheidung ihrer Familie war, wusste sie hingegen nicht. Genaugenommen war es die Entscheidung ihres Vaters als Familienoberhaupt. Aber Rosetta schien darüber erfreut zu sein und ihre Mutter…? Nun, da war sich Rosie nicht so sicher. Die junge Frau hatte eher den Eindruck, dass Elizabeth mehr das komplette Vorhaben der Versammlung missfiel, als die kleine Entscheidung ihre eigene Familie betreffen.

Sie fühlte die Blicke der drei anderen Familienmitglieder auf sich ruhen, wusste aber nicht, was sie noch darauf sagen sollte.

„Mr. Rutherford wird nicht besonders glücklich sein, wenn ich kündige", fiel ihr ein.

„Mr. Rutherford wird ein anderes amisches Mädchen fürs Putzen finden", schnaubte ihre Mutter, die ganz offensichtlich an diesem Abend mit den Weltlichen haderte.

Das entlockte Rosie und ihrer Großmutter nun doch ein Grinsen.

„Ich werde es ihr morgen sagen, wenn ich wieder bei ihr bin. Genaugenommen freue ich mich sogar darauf, bei Großmutter das Backen zu lernen."

Und so, als ob sie von ihrer Aussage selber überrascht worden wäre, fühlte sie ein warmes Gefühl durch ihren Körper rieseln. Tatsächlich, sie freute sich darauf!

Plötzlich kam ihr ein Gedanke.

„Die Weltlichen sind doch so verrückt auf unsere Lebensart. Wie wäre es, wenn wir keinen Strom in den Laden legen würden? Sondern ihn so ausleuchten, wie bisher. Für die Geräte, die normalerweise mit Strom betrieben werden, gibt es sicher auch mit Gas betriebene Sachen."

Die Idee sackte bei ihrem Vater langsam durch. Langsamer als bei ihrer Mutter, deren Miene sich sofort aufhellte.

„Das wäre doch eine prima Idee! Und widerspräche unseren Traditionen nicht."

John wiegte bedächtig mit dem Kopf. Es war Sache der Frauen impulsiv zu sein. Männer mussten ein Thema bedenken. Aber diese Idee gefiel ihm.

„Für die Kühlung gibt es Lösungen. Aber was ist mit der Kaffeemaschine? Da reicht es auf keinen Fall, ihn so wie bisher auf dem Ofen zu kochen."

„Ich werde Mrs. Finch fragen, ob sie recherchieren kann, ob es da was gibt. Vielleicht kann uns auch Ben Harper helfen. Der bastelt doch immer mit solchen Sachen herum."

Ben Harper war ein Mennonit, der es sich zur Aufgabe gemacht hat, aus elektrischen Geräten gasbetriebene zu machen, damit sie auch von Amischen genutzt werden konnten.

„Ein wirklich guter Vorschlag. Ich werde mit den Männern reden. Das System könnte auch im Quiltladen funktionieren oder auch beim Gemüsehändler. Beim Restaurant bin ich mir nicht so sicher. Da gibt es zu viele Geräte in der Großküche."

„Sprecht darüber und informiert euch. Bis dahin können wir den Umbau ja schon in Angriff nehmen."

Rosetta stand auf, um zu signalisieren, dass sie die Unterredung für beendet hielt. Sie war voller Vorfreude über ihr neues Projekt und dazu brauchte sie zuerst einmal eine Nacht voll Schlaf.

Kapitel 3

Mit Fortgang der Bauarbeiten wurde Rosie immer euphorischer. Sie hatten in der kurzen Zeit, die es dauerte, die hölzerne Wand durchzustoßen und mit einem neuen Sturz zu versehen, Backrezepte ausprobiert, ihr zukünftiges Sortiment besprochen und Pläne für die Einrichtung geschmiedet. Auch wenn ihre Großmutter und sie selber es niemals ausgesprochen hätten, es war eine wunderbare Sache, einen Raum *schön* einzurichten. Amisch zu sein bedeutete Zweckmäßigkeit. Kein Schmuck. Keine Tischdecken, keine Vorhänge, keine Kissen auf den Stühlen, nicht mal Blumen in Vasen. Manche amische Frau umging dieses Gebot der Einfachheit damit, dass sie Kräutertöpfe auf die Fensterbretter stellte und einen farbigen Kalender an die Wand hing. Bei den wunderschönen Quilts, die in jeder Familie hergestellt wurden, schieden sich die Geister. Während besonders strenge Bischöfe auch derartigen Raumschmuck verpönten, geduldeten die meisten gequiltete Decken und Auflagen von Bänken in den Wohnräumen. Geschirrtücher und Taschentücher waren farbenprächtig bestickt, wenn auch nicht allzu üppig. So brachten die Frauen ein wenig unauffällige Farbe in ihre Häuser – obwohl durchaus nicht wenige unter ihnen deshalb ein schlechtes Gewissen hatten.

Rosie und Rosetta durften nun im Hinblick auf das große Vorhaben der Dorfversammlung überlegen, wie sie ihren Laden einrichteten. Nachdem sie eine Weile in Farben und allerlei verschnörkelten Möbeln geschwelgt hatten, kamen sie zu dem Schluss, dass es im Sinne der Absicht, die hinter dem Projekt stand, am besten wäre, so authentisch wie möglich zu bleiben. Deshalb statteten sie das Geschäft mit hochwertigen, aber einfachen Holzmöbeln aus, Tischen mit glatter, hölzerner Oberfläche und dazu passende, einfach gestaltete Stühle. Als Zugeständnis an ihre Kunden nähten sie aus stillen, aber wirkungsvollen Farben flache Stuhlkissen. Jeder Tisch, an dem vier Stühle standen, war nun mit andersfarbigen Stuhlkissen ausgestattet. Sie hatten Violett, Dunkelrot, Dunkelblau, Dunkelgrün und ein nicht zu dunkles Grau ausgewählt. Auf den Tischen lagen dazu farblich passende kleine viereckige Tischdeckchen in der jeweils gleichen Farbe und darauf wiederum ein Kerzenhalter mit einer weißen Kerze. Die Kerzenhalter, die Rosetta in einem Katalog entdeckt hatte, waren denen der frühen Siedler nachempfunden. Die messingfarbenen Wachsfänger hatten einen Haltering, in den man den Zeigefinger stecken konnte, um die Kerze mitnehmen zu können. Statt Bilder, mit denen sich weder Rosetta noch Rosie wohlgefühlt hätten, hatten sie kleinere gequiltete Quadrate an die Wände gehängt. Jeder der Quilts zeigte ein anderes traditionelles Muster.

Das Problem mit der Kaffeemaschine hatte sich dadurch erledigt, dass es Campinggeräte gab, die zwar kleiner dimensioniert waren als eine professionelle Maschine für Geschäfte, aber sie waren darin übereingekommen, sich zwei von den kleineren Maschinen anzuschaffen. Dann gab es ganz einfach nur traditionellen einfachen Kaffee im amischen Café, keine modernen Varianten.

Die Ausleuchtung der Räume auszutüfteln hatte ihnen großen Spaß gemacht. Dazu hatten sie Kataloge gewälzt und Rosetta hatte zusammen mit Mrs. Finch und Rosie sogar Internetseiten angesehen, die Öllampen anboten. Die Einrichtung war somit nicht nur komplett, sondern überaus gelungen!

Schwieriger war die Entscheidung, was sie in Zukunft anbieten würden. Rosie wurde in jede Überlegung Rosettas mit einbezogen, was sie durchaus wunderte. Eigentlich sah sie sich als Angestellte ihrer Großmutter, so zumindest hatte sie ihren Vater verstanden. Es wäre töricht gewesen, jemand anderen einzustellen, während sie, Rosie, zu einer Weltlichen in Dienst ging. Nun erschien es ihr so, als wäre sie die Mitbesitzerin.

Sie saßen an einem der Cafétischchen und Rosetta hatte Stift und Papier vor sich liegen. Ihnen gegenüber stand nun die Theke, die ohne Schnörkel in schlichten Formen gearbeitet war. Aus Hygienegründen hatten sie sich dazu entschieden, Großmutters alte hölzerne Theke in eine neue, metallene einzutauschen. Sie hatte auch ein gasbetriebenes Kühlabteil, was ihnen ermöglichte, Desserts oder Torten, die mit Sahne hergestellt wurden, anzubieten. Darüber hatten sie gerade diskutiert.

„Ich würde nach wie vor bestimmte Waren an bestimmten Tagen anbieten. Wir verzetteln uns sonst mit der Arbeit", erklärte Rosetta gerade.

„So, wie du das bisher auch getan hast", nickte Rosie eifrig.

„Gut, dann würde ich sagen, dass wir montags einfache Rülukuchen anbieten, Muffins und vielleicht noch eine Sorte Strudel. Wenn wir um vier Uhr früh beginnen, dann schaffen wir mit den beiden Öfen eine ganze Menge an Kuchen. Die übrigen Tage gibt es zwei Sorten Pies, eine Sorte Quarkkuchen und zwei Sorten Hefestücke. Dazu müssen wir ja immer noch die Brötchen und das Brot backen. Auch montags."

Rosie rollte mit den Augen. „Vier Uhr früh! Jeden Tag?"

Rosetta schmunzelte. „Nun ja…"

„Ich weiß, dass ich nicht jammern sollte. Dem Herrn gefällt harte Arbeit. Aber vier Uhr früh und dann bis spätabends."

Rosie konnte nicht anders, als ihre Bedenken auszusprechen.

„Wir müssen nur am Montag so früh anfangen. Wir sind ja keine Großbäckerei. Wenn wir zu zweit sind, können wir während der Woche vieles schon am Tag zuvor zubereiten oder zumindest vorbereiten, so dass es die übrigen Tage reicht, wenn eine von uns um fünf Uhr anfängt. Und bei aller Arbeit, die uns der Herr schenkt, dürfen wir auch Pausen machen. Wir zwei kriegen das schon hin." Rosetta tätschelte den Arm ihrer Enkelin und diese lächelte zurück. Ja, sie würden es schon hinkriegen. Und Kuchen und Brötchen zu backen war nicht das Schlimmste im Leben, wies sich Rosie selber zurecht.

Schon zwei Tage später, am Montagmorgen nach einem gottesdienstfreien Sonntag, eröffneten sie ihr kleines, schmuckes Geschäft. Großmutters Stammkunden hatten während der letzten vier Wochen ihre Waren trotzdem abgeholt, so dass die finanziellen Einbußen in dieser Zeit nicht allzu prägnant waren. Nun hatten sie den freien Sonntag dazu genutzt, sich noch einmal auszuruhen. Rosies Bruder und seine Familie waren zu Gast gewesen und sie hatten sich blendend unterhalten. Jeden zweiten Sonntag traf man sich im Schulhaus zum Gottesdienst. Auch das war eine Eigenheit hier in House-at-the-Water. Normalerweise fand der amische Gottesdienst jeweils wechselnd bei allem Gemeindemitgliedern statt. Da aber nicht jeder über so große Räume verfügte, um alle nahezu 200 Gemeindemitglieder unterzubringen, war man darin übereingekommen, das Schulhaus in der Größe zu bauen, um alle darin unterbringen zu können. Und so wurden nun alle vierzehn Tage die Schulbänke herausgeschafft und einfache Sitzbänke in Reih und Glied aufgestellt. Mit dem

Essen, das jede Familie mitbrachte, wurde ein Buffet aufgebaut und zusammen gegessen. Anschließend besuchten sich die Familien gegenseitig. An den freien Sonntagen hatte man Gelegenheit, die Familienmitglieder, die außerhalb der eigenen Gemeinde lebten, zu sehen. Und diesmal war es Joseph, der mit Rhoda und Liddy und Mark, den beiden Kindern, bei ihnen vorbeischaute.

Am Abend vor der Eröffnung legte Rosie ihre extra für diesen Anlass neu genähte Schürze heraus. Sie hatte zwei davon angefertigt, eine für sie und eine für Rosetta. Oben hatte Rosie mit feinen, gekonnten Stichen „Rosettas Bäckerei" eingestickt. Nun stand sie in ihrem Nachthemd am Fenster ihres Zimmers und schaute in den Garten hinunter. Es war eine Vollmondnacht und ihre offenen braunen Haare, die fast ihren ganzen Rücken bedeckten, schimmerten golden im Mondlicht. Sie beobachtete ihren Vater, der noch einmal durch den Garten schlenderte, wie er es häufig zu tun pflegte. Ob er ebenso nervös war, wie sie selber? Konnte ihr Vorhaben gelingen? Rosie dachte nicht nur an die Bäckerei. Es war die gesamte Idee, die die Ältesten und die Männer des Bezirks für das Fortkommen der hiesigen Familien ausgearbeitet hatten. Jetzt, Anfang Mai, kamen die Touristen langsam aber sicher wieder in den Ort. Im Winter ließen sich zumeist nur die Einheimischen sehen. Mennoniten und Englische, die in der Gegend wohnten und ganz gezielt hierherfuhren, um etwas zu besorgen. Meistens waren es Quilts, die als Geschenke sehr beliebt waren, oder auch die Holzarbeiten, die Henry Stolzfus auch in seinem Kutschenwerk herstellte. Beistellmöbel aus massiven Holz mit Einlegearbeiten oder auch ganz schlicht gehalten. Größere Möbel fertigten seine Männer nur auf Bestellung. Auch das Restaurant der Smuckers erfreute sich großer Beliebtheit. Die traditionellen Gerichte, die er anbot, waren heiß begehrt – und wie Rosie gerne zugab, wirklich lecker. Viele seiner Gäste schätzten es, dass es die Mahlzeiten auch zum Mitnehmen gab. Und auch Obst und Gemüse holten sich die Leute, aber bisher hatten sie ganz konkret die einzelnen Familien besucht und die Produkte gekauft. Nun würde es einen Laden für alle und alles geben. Rosie hatte gehört, dass das Bauwerk nicht nur Obst und Gemüse fassen konnte, sondern auch noch eine Ecke mit amischen Leckereien bereithielt. Viele Familien hatten sich bereits für diese Verkaufsgenossenschaft, wie sich das Vorhaben nannte, eingetragen.

Obwohl Rosie insgeheim befürchtete, dass nicht genug Kunden kommen würden, wusste sie doch, dass House-at-the-Water längst kein Geheimtipp für die Einheimischen war. Die Kunden kamen seit langem. Nun würden es eher mehr werden.

Während der letzten vier Wochen hatte sie sich oft mit ihrer Großmutter unterhalten. Thema war dabei häufig die Sorge ihrer Mutter, dass das Zusammentreffen mit so vielen Weltlichen dem Dorf nicht zum Vorteil gereichen würde.

„Ich denke, dass wir ohnehin ständig mit den Weltlichen in Verbindung kommen. Da machen ein paar mehr oder weniger auch nichts aus. Diejenigen, die immer schon kommen, um sich ihre Lebensmittel oder sonstigen Waren hier zu besorgen, wissen, dass wir ihnen gegenüber eher zurückhaltend sind. Andererseits sind die meisten von ihnen sehr nett. Und die Touristen, nun, die müssen wir eben ertragen, wenn wir hier auf Dauer überleben wollen und auch unseren Kindern einen guten Start schaffen möchten," hatte Rosetta gesagt und dabei laut aufgeseufzt.

„Einige der Touristen sind ja ganz nett. Sie fragen, ob sie ein Bild machen dürfen und halten sich ansonsten höflich zurück," hatte Rosie geantwortet.

Großmutter hatte den Staubwedel aus der Hand gelegt, mit dem sie gerade noch die ohnehin sauberen Ecken bearbeitet hatte und hatte Rosie bekümmert angeschaut.

„Es gibt aber genauso viele, die sehr aufdringlich sind. Sie schauen in die Stubenfenster und fragen uns ohne Ende aus. Das ist unangenehm."

„Vielleicht müssen wir diese Prüfung auf uns nehmen, wenn das hier funktionieren soll." Rosie hatte mit den Schultern gezuckt und hatte liebevoll über die kleinen Deckchen auf dem ihr am nächsten stehenden Tisch gestrichen.

„Ja, das mag sein. Jedenfalls sollen wir das so sehen. Gut, dass uns die Ältesten erlaubt haben, uns fotografieren zu lassen. Auf diese Weise versuchen die Leute es nicht immer in dieser unsäglich heimlichen Art und Weise. Und wir müssen uns die Bilder ja nicht anschauen."

Rosie hatte gelacht.

„Wer weiß, vielleicht ist das ja ein Segen, dass wir unsere eigenen Bilder nicht anschauen müssen."

Ihre Großmutter hatte schließlich doch noch vergnügt in das Lachen eingestimmt und ihren Kummer über manche unvernünftigen und ignoranten Gäste vergessen.

Kapitel 4

Rosie hatte schlecht geschlafen. Offensichtlich genauso wie ihre Großmutter, die bereits einen ganzen Korb mit lecker duftenden Käsebrötchen fertig gebacken hatte, als sie in der Backstube erschien. Es war noch weit vor vier Uhr früh, aber vor Aufregung spürte Rosie keine Müdigkeit.

„Guten Morgen! Ganz schön aufregend, was?" Rosettas Wangen glänzten rot von der Hitze an den Öfen und der Anstrengung beim Vorbereiten.

„Das kann man wohl sagen! Ich habe kein Auge zugetan." Rosie band sich die Backstubenschürze um, die zwar auch neu war, aber nur hier drin getragen wurde. Mit sicherem Griff holte sie die Zutaten für Apfelmuffins an den Tisch und begann, Mehl, Zucker, Butter und die anderen Zutaten abzuwiegen. Das Rezept reichte für zwei Muffinbleche, die sie nun in den großen Holzofen schoben, für dessen goldrichtige Temperatur Rosetta bereits gesorgt hatte.

Es war anstrengend, immer genügend Kuchen oder andere Gebäckstücke vorbereitet zu haben, um drei Öfen nahtlos damit füllen zu können. Die meisten der Pies und kleinen Kuchen benötigten keine lange Backzeit, so dass Rosie und Rosetta mehr als gut zu tun hatten.

Gegen sechs Uhr morgens war die Theke wohl gefüllt und in der Backstube stand einiges Backwerk auf Vorrat. Sie frühstückten getrennt voneinander, Rosetta kurz nachdem Rosie gekommen war und Rosie später zusammen mit ihren Eltern, die danach ausnahmsweise auch zu Hilfe in die Backstube kamen. Sogar ihr Vater hatte es sich nicht nehmen lassen, ins Frauenrefugium einzudringen und sich ganz den Befehlen seiner Mutter zu überlassen.

Rosie hatte sich um sechs Uhr morgens noch niemals so erschöpft gefühlt, nicht mal an den Waschtagen, die auch sehr früh begannen. Ihr Rücken schmerzte und sie sah ein wenig verschwommen, als sie die eine Schürze ablegte und sich eine halbe Stunde der Ruhe in ihrem Zimmer gönnte. Sie vermied es, sich hinzulegen, kämmte sich stattdessen ihr Haar, wusch sich mit frischem kalten Wasser, zog sich ein neues Kleid an, dessen dunkelgrüne Farbe ihrem Teint einen goldenen Schimmer verlieh und richtete ihr weißes, extra sorgfältig gebügeltes Häubchen zurecht. Sie fühlte sich adrett, wenngleich allein der Gedanke daran schon sündig war. Im Stillen leistete sie Abbitte, warb aber beim Herrn für Verständnis für ihr eitles Verhalten an diesem einen, so wichtigen Tag. Dann atmete sie tief durch und marschierte hinunter in den Laden, wo sie die dort bereitliegende Schürze umband und voller Vorfreude aufsperrte. Die Männer hatten an der Straßenfront ein größeres Fenster eingesetzt, durch das man von innen einen großen Teil der Straße und das gegenüberliegende Restaurant von Elias Smucker erkennen konnte. Von außen konnte man durch die glasbesetzte Tür und das Fenster den vorderen Raum mit den Tischchen und die Theke erkennen. Der hintere Raum ließ sich nur bei genauem Hinsehen noch erahnen. Zumindest sahen die Vorbeikommenden, dass das Geschäft größer war, als es von außen den Anschein hatte. Rosie nickte zufrieden. Sie hatte draußen die frische, kühle Frühlingsluft genossen und befriedigt festgestellt, dass auch ihre Nachbarn mit ihrem Tagwerk begonnen hatten. Rosie grüßte freundlich zu Elli Glick hinüber, die gerade ihre prächtigste Tagesdecke auf der auslandenden Veranda drapierte, um die Kunden in ihren Quilt-Shop zu locken.

„Heute große Neueröffnung bei den Bylers?", antwortete Elli statt eines Grußes.

„Oh ja, hoffentlich wirklich *groß*!", gab Rosie ein wenig zweifelnd zurück.

„Jetzt, wo ihr wieder offen habt, kommen sicher noch mehr Kunden. Die Leute lieben Großmutter Bylers Backkünste."

Elli nickte noch einmal kurz und verschwand dann in ihrem Laden. Sie war eine sehr groß gewachsene Frau, die ihren Mann Aaron fast um einen Kopf überragte. Ihr neutrales Gesicht wirkte stets leicht mürrisch, so dass manche ein wenig Scheu hatten, mit ihr zu reden. Wer sie allerdings näher kannte, wusste, dass sie sehr viel Herz hatte und überaus freundlich mit ihren Mitmenschen umging.

Rosie wandte sich wieder der Bäckerei zu. Sie hatte sich ein paar Schritte davon entfernt auf die Straße gestellt und schaute nun auf die Vorderfront des Gebäudes. Ein grüngelb gestreifter Volant aus festem, wasserabweisendem Stoff nahm die ganze Breitseite über Tür und Fenster ein und sollte im Sommer den sechs Tischchen Schatten spenden, die dann vor der Bäckerei auf der Veranda stehen würden. Obwohl in diesen Tagen die Sonne schien, war es noch zu kalt, um draußen zu sitzen. Über dem Sonnenschutz war ein schlichtes Holzschild angebracht, auf dem in sorgfältiger Schreibschrift stand: *Rosetta Byler's Bäckerei.* Hinter dem Anbau, der eigentlich das *Großdaddyhaus* darstellte, lugte das Wohnhaus ihrer Eltern hervor, dessen Veranda seitlich von der Straße lag.

Rosie hatte sich ein wenig in ihren Gedanken verloren, als sie jemand von hinten ansprach.

„Guten Morgen, Rosie Byler. Ich hoffe, du erstarrst nicht in zweifelhaftem Stolz hier mitten auf der Straße."

Rosie fuhr ertappt herum und errötete sogleich.

„Guten Morgen, Jason. Nein, durchaus nicht. Aber ich gebe gerne zu, dass ich ganz schön aufgeregt bin. Und ich finde, dass der Umbau wirklich gelungen ist. So gesehen hast du schon recht mit dem ungehörigen Stolz."

Obgleich die unverhoffte Anwesenheit Jasons sie gehörig aus der Bahn geworfen hatte, staunte sie über sich selber, dass sie ihm so schlagfertig antworten hatte können.

„Es ist gelungen und du brauchst nicht nervös zu sein. Sie werden euch die Gebäcke aus den Händen reißen. Würdest du mir vielleicht eines davon verkaufen?" Er trat grinsend auf die Veranda, öffnete die Tür und ließ sie galant vor sich eintreten.

Sie schlüpfte hinter die Theke und war nun ganz in ihrem Element. Zu oft hatte sie bei ihrer Großmutter schon ausgeholfen.

„Was kann ich denn nun für dich tun, Jason Burkholder?"

„Ihr habt jetzt auch Sandwiches?", stellte er erstaunt fest.

„Montags gibt es Hühnchen. Möchtest du eines?"

„Ein Sandwich also. Und eins von euren wahnsinnig tollen Käsebrötchen. Und dann noch von dem Nusskuchen", zählte er auf, während er vor der Theke auf und ab ging.

Rosie packte alles sorgfältig in verschiedene Papiertüten und dann noch einmal in eine größere, damit er seinen Lunch bequem tragen konnte. Sie nannte ihm die Summe und er bezahlte.

„Denkst du, dass du am Samstag zum Singen kommen kannst? Irgendwann musst du doch auch einmal ausspannen."

Rosies Herz tat einen Sprung. Hatte er sie tatsächlich gefragt, ob sie zum gleichen Singen ging, wie er auch? Oder nicht? Sie war nicht ganz sicher, ob sie das wirklich gehört hatte, was in ihrem Kopf angekommen war.

„Ich hatte es vor. Es ist bei den Millers. Da kann ich zu Fuß hingehen." Rosie quatschte Blödsinn und das wusste sie auch. Außerdem war es nicht besonders praktisch, dass die Miller-Farm so nahe lag. Jason würde nicht viel Gelegenheit haben, sie nach Hause zu fahren. Vielleicht würde er sie zu Fuß begleiten!

Er tat ihr den Gefallen. „Warum gehen wir nicht zusammen hin? Ich hole dich um sechs ab und bringe dich später auch wieder heim. Die Kutsche lohnt nicht. Selbst von uns aus nicht."

Jason wohnte mit seiner Familie außerhalb des Dorfes. Es lag vielleicht eine Meile zwischen dem Ortsrand und der Burkholder-Farm. Mr. Burkholder baute Kartoffeln und Mais an, dazu fütterte er einige Milchkühe. Aber aus Mangel an Farmland reichte es auch für ihn nicht dazu, seine Familie ausschließlich mit der Farmarbeit ernähren zu können. Soweit sich Rosie erinnerte, arbeitete Jasons Vater in einem Ziegelwerk, das unten an der Hauptstraße lag.

Rosie versuchte, ihre vor Begeisterung zitternden Hände unter der Theke zu verstecken.

„Prima. Ich bin froh, nicht alleine durch die Dunkelheit gehen zu müssen." Sie schaffte es kaum, ihre Begeisterung zu verbergen und bemühte sich, gleichmütig zu klingen.

Auch wenn sie sich noch stundenlang mit Jason unterhalten hätte können, war sie doch froh, dass zwei weitere Kunden in den Laden traten. Es ging ganz und gar nicht, dass ihr womöglich noch offen ins Gesicht geschrieben stand, wie zugetan sie Jason Burkholder tatsächlich war.

Den Rest des Tages gelang es ihr sogar, ihre aufregenden Pläne für den Samstag zu vergessen, da ein beständiger Strom an Kunden in den Laden kam. Genaugenommen waren es ihre Stammkunden von vor dem Umbau, aber nun blieben einige, um sich einen Kaffee und Kuchen zu gönnen, was einiges an Arbeit mehr erforderte. Glücklicherweise hatte sich Rosie die Tage zuvor mit dem großen Kaffeeautomaten befasst, der hinter der Theke stand. Sie war nicht mit derart komplizierten Geräten aufgewachsen und hatte gehörigen Respekt davor gehabt, als ihr Vater die beiden schweren Maschinen ausgepackt hatte. Aber nachdem sie sich einen halben Tag lang nur damit befasst hatte, fühlte sie sich sicher im Umgang mit den Geräten.

Am Abend war die Theke leer und Rosies Beine fühlten sich an wie Betonklumpen. Sie war harte Arbeit wirklich gewöhnt, aber zusammen mit der Anspannung, die sie in den Tagen zuvor und noch in der Nacht gefühlt hatte, reagierte ihr Körper verspannt und unendlich müde.

Dennoch musste der Laden noch gereinigt werden und die Ware für den nächsten Tag geplant werden. Eigentlich hatten sie vorgehabt, das während des Tages zwischendurch zu erledigen, aber auch ihre Großmutter war zu angespannt, um dafür Zeit zu finden.

Nun saßen sie am Küchentisch, den restlichen Kaffee aus der inzwischen akribisch gereinigten Maschine vor sich stehend und brüteten über der Planung.

„Ich habe während des Nachmittags einige Pies für morgen gebacken und ein paar Kranzkuchen. Da haben wir jetzt schon einen Vorsprung." Rosetta streckte sich und trank vom inzwischen nur noch lauwarmen Kaffee.

Die Nachmittagsstunden waren etwas ruhiger gewesen, so dass Rosie im Laden bequem alleine zurechtkam. So konnte Rosetta in die Backstube entwischen.

„Dann brauchen wir für morgen noch die Brötchen und das Weißbrot und noch das Kleingebäck", fasste Rosie zusammen, nachdem sie einen Blick über den Tisch mit den zehn fertigen Kuchen geworfen hatte.

Sie erkannte Pies mit Kirschen, Kürbis und Pflaumen. Dazu hatte ihre Großmutter noch einen Zitronen-, einen Schwarzweiß- und zwei ihrer begehrten Nusskuchen gebacken. Das war ein guter Vorrat.

„Aber ehrlich, Oma. Wir können nicht jeden Tag um vier Uhr aufstehen und bis neun Uhr abends arbeiten."

Rosie hatte das Gefühl, dass sie vor Schwäche nicht einmal in ihr Bett kommen würde, so sehr hatte sie der Tag erschöpft.

„Nein, das geht natürlich nicht. Und jetzt sind noch nicht einmal die Touristen da. Ich habe während des Nachmittags auch darüber nachgedacht. Was hältst du davon, wenn wir diese Woche das Geschäft beobachten und am Wochenende entscheiden, wie wir weitermachen."

Rosie ahnte, dass ihre Großmutter mindestens so erschöpft war wie sie selber.

„Was meinst du mit ‚wie wir weitermachen'?"

„Ich dachte, dass wir einen Teil der Kuchen von anderen Frauen liefern lassen. So wie Elli die Quiltdecken der Nachbarn in ihrem Laden anbietet. Wir kaufen Ware einfach dazu. Aber natürlich nur die Spezialitäten der jeweiligen Damen." Rosetta zwinkerte Rosie zu: „Du weißt schon, den Apfelstrudel von Linda Stolzfus, zum Beispiel."

„Ja, das ist eine prima Idee. Die leckeren Sachen der Nachbarn – das könnte funktionieren, wenn die mitmachen."

Rosetta zog die Kassette mit ihren Tageseinnahmen heran.

„Wenn ich nicht zu müde wäre, würde ich noch eine Rechnung aufstellen, wie viel wir heute verdient haben. Aber das mache ich morgen. Wir haben unsere Preise gut kalkuliert. Nachdem alles verkauft ist, müssten wir einen guten Gewinn gemacht haben."

Rosie nickte.

„Also, wann fangen wir morgen an?"

„Versuchen wir mal fünf Uhr. Deine Mutter hat sich angeboten, die Sandwiches für die Lunchtheke zu machen."

Das war eine echte Erleichterung. Denn heute Morgen hatten sie es kaum geschafft, genügend Lunchpakete für die Männer heranzuschaffen, die eines haben wollten.

„War übrigens eine gute Idee, die du da hattest, gleich fertige Lunchpakete anzubieten. Mit Sandwich, süßem Teilchen und Getränk", lobte Rosetta gerade.

Sie hatten Papiertüten anfertigen lassen, auf denen „Rosetta Bylers Bäckerei" stand und dazu die einfache Zeichnung eines Hauses mit einer Markise davor. Darin verstauten sie die Auswahl des Kunden, der aus mehreren Bestandteilen wählen konnte. Für die drei Teile gab es einen Festpreis.

„Also dann, gehen wir ins Bett." Rosetta erhob sich und stellte die Tassen in die geräumige Spüle, die größer war als normale Spülsteine. Immerhin mussten die großen Backbleche darin gespült werden.

Rosie streckte sich die Steifheit aus den Gliedern und wünschte ihrer Großmutter noch eine gute Nacht, bevor sie durch den Gang hinüber ins Haupthaus und über die Treppe in ihr Zimmer huschte.

Kapitel 5

Irgendwie gelang es Rosie, die Woche zu überleben. An ihren Kleidern erkannte sie, dass sie abgenommen hatte, was sie allerdings nicht sonderlich beunruhigte. Beunruhigender fand sie die Tatsache, dass auch ihre Großmutter nicht besonders gut aussah. Sie hatte tiefe Ringe unter den Augen und ihr sonst so aufrechter Gang hatte sich unmerklich nach vorne geneigt und sie kam schlurfenden Schrittes daher. Es musste sich etwas ändern.

Das Geschäft lief gut und sie machten täglich eine schöne Summe an Gewinn. Natürlich rechneten sie ihre Arbeitsstunden nicht dagegen, aber selbst dann würde noch ein erklecklicher Betrag übrigbleiben. Als sie am Samstag um die Mittagszeit ihren Laden schlossen und auch mit dem Saubermachen fertig waren, setzten sich die vier Bylers zusammen, um das weitere Vorgehen zu beratschlagen. Sie kamen sehr schnell zu dem Schluss, dass sie bei der nächsten Gottesdienstversammlung ihre Nachbarinnen fragen wollten, wer bereit wäre, ihre Spezialitäten an bestimmten Tagen in der Woche beizusteuern. Und sie würden ein Mädchen einstellen, dass beim Bedienen und Verkaufen helfen konnte. Elizabeth würde weiterhin die Sandwiches liefern. Wenn erst die Touristen kamen, würden sie noch mehr Ware brauchen und unter der Last der Arbeit zusammenbrechen, wenn sie sich nicht helfen ließen.

Außerdem beschlossen sie, in Zukunft eine genaue Backliste aufzustellen, um die Zutaten dafür nur einmal in der Woche zu ordern und nicht wie bisher zwei oder gar drei Mal als kleinere Bestellung. John hatte sich erboten, einen Teil der Backstube, die sehr geräumig war, so abzutrennen, dass die verschiedenen Mehlsorten, die in großen Säcken angeliefert wurden, trocken und sicher aufbewahrt werden konnten.

Nun, da sie ihr Geschäft derart organisiert hatten, fiel ihnen allen endlich die Anspannung von der Seele, die sich dort über die Woche hinweg eingenistet hatte.

„Also, ich lege mich jetzt hin. Ich muss dringend die Beine aus den Schuhen bekommen." Rosetta machte eine komische Miene und Rosie lachte.

„Wolltest du nicht ausgehen heute?" Rosetta hatte sich noch einmal umgedreht und schaute Rosie direkt ins Gesicht.

Diese errötete. Natürlich wollte sie ausgehen. Sie hatte es ihren Eltern nur noch nicht mitgeteilt.

Ihr Vater und ihre Mutter sahen denn auch recht streng aus. Sie warteten auf eine Erklärung ihrer Tochter.

„Ich hatte vor, zum Singen zu gehen." Schon wollte sie ihren Eltern von Jason erzählen, hielt sich im letzten Moment aber dann doch zurück. „Es ist ja bei den Millers."

Sie ahnte nicht, dass diese Nachricht ihre Eltern mehr als zufriedenstellte. Sie hatten sich insgeheim schon mehrmals darüber unterhalten, wie sehr ihnen Rosies Ausflüge *in die Welt* missfielen. Nun wollte sie in ihre eigene Welt zurückkehren. Das waren wirklich gute Neuigkeiten!

„Schön. Dann leg dich doch auch noch ein wenig hin. Was meinst du?", bot ihre Mutter an.

Zwar stand die wöchentliche Großreinigung der Wohnräume an, aber sie wollte, dass Rosie einen möglichst guten Eindruck auf ihre Freundinnen machte – und auf die Freunde auch, natürlich.

Elizabeth schmunzelte, noch mehr, als sie die strenge Miene ihres Mannes sah, der sich wohl seine eigenen Gedanken über die Pläne seiner Tochter machte.

Es war Tradition, dass ein Bruder oder, falls gerade keiner zur Hand war, zumindest ein männlicher Verwandter die jungen Mädchen mit zu einem Singen nahmen. Nur ganz selten tauchte ein Mädchen ohne verwandtschaftliche Begleitung dort auf. Da Rosies Bruder schon lange verheiratet war und es hier im Ort keine Verwandtschaft der Bylers gab, würde Rosie eines jener Mädchen sein. Das behagte John ganz und gar nicht.

„Könntest du dich nicht Susie Stolzfus oder einem der anderen Mädchen anschließen?"

John ließ nicht locker und Rosie musste Farbe bekennen. Sie wand sich, kam aber nicht umhin, ihre Eltern einzuweihen. Der Anstand gebot es ohnehin, dass Jason ins Haus kam und Rosies Eltern begrüßte und vielleicht ein paar Worte mit ihnen sprach, bevor er sie abholte. Da sie sonst keinen Verwandten hatte, der sie mitnehmen konnte, galt dies als Freundschaftsdienst.

„Jason Burkholder und ich sind am Montag früh ins Gespräch gekommen. Er erzählte mir davon, dass er zum Singen gehen würde und ich sagte ihm, dass ich das auch vorhätte. Er meinte, er könnte mich abholen, da er ja wüsste, dass da sonst niemand war, mit dem ich gehen hätte können." Sie erklärte sehr umschweifig, um zu verdeutlichen, dass da wirklich kein tieferes Interesse mit im Spiel war. Offensichtlich war es ihr gelungen, ihrem Ton einen leichten Ton zu geben und – entgegen ihrer sonstigen Veranlagung – einmal nicht zu erröten, so dass ihr Vater mit einer deutlich weniger grimmigen Miene nickte.

„Gut, dass der Bursche dich mitnimmt. Dann ersparst du dir, alleine dort anzukommen."

„Mama, ich würde dein Angebot gerne annehmen, mich ein wenig hinzulegen. Bist du sicher, dass du mich nicht brauchst?"

„Du hast diese Woche genug gearbeitet. Und ich möchte nicht, dass du beim Singen einschläfst." Auch diese Worte ihrer Mutter waren leichthin gesprochen, aber Rosie fühlte deutlich, dass Elizabeth ihre Tochter besser zu kennen schien, als John, der sich bereits erhoben hatte und auf dem Weg in den Garten war.

Rosie schlief schon, noch bevor sie den Kopf auf ihr Kopfkissen bettete. Rund zwei Stunden später erwachte sie, nicht unbedingt erfrischter, aber zumindest nicht mehr ganz so müde.
Sie ging hinunter in das spartanische Badezimmer, in dem der Badeofen stand, den die Mutter samstags beheizte, um allen Familienmitgliedern ein warmes Bad zu ermöglichen. Während der Woche zu baden wäre niemandem eingefallen. Es war schlicht keine Zeit dafür vorhanden.
Rosie ließ sich lauwarmes Wasser ein, in dem Bestreben, sich durch heißes Wasser nicht noch müder zu machen. Tatsächlich erfrischte sie das Bad zusehends und sie genoss es, sich minütlich sauberer zu fühlen, so als würde das Vollbad auch den Stress abwaschen.
Sie lächelte, als ihr das Wort „Stress" in den Sinn kam. Kein Amisch würde jemals davon reden, dass er „Stress" hatte. Das war eine eindeutig weltliche Erfindung. Jeder arbeitete von Sonnenauf- bis Sonnenuntergang. Was in dieser Zeit erledigt werden konnte, war das Tagwerk. Alles andere würde sich am nächsten Tag fügen. Dass es hier in ihrem Bezirk anders als in anderen Bezirken war, hatte es allerdings mit sich gebracht, dass die modernen „Krankheiten" sich auch hier einnisten konnten. In den Geschäften war man abhängig von den Kunden und konnte von daher durchaus auch einmal in Hektik geraten. Extreme Unfreundlichkeit sollte es in der Gemeinschaft nicht geben,

aber so mancher Besucher forderte mit seinem Verhalten geradezu heraus, dass man sich irgendwann einmal das aufdringliche Fotografieren verbat oder deutlich machen musste, dass man das Eindringen in die eigene private Welt nicht wünschte.

Rosie richtete sich auf. Sie trocknete sich ab und zog sich wieder an. Dabei dachte sie daran, dass viele Amisch es bevorzugten, in einer Art Badekleid in die Wanne zu steigen. Sie jedenfalls konnte sich nicht vorstellen, dass der Herr ihr übelnahm, dass sie ohne Gewand in der Wanne saß, hatte er seine Menschen doch auch ohne Kleidung geschaffen. Über diesen Gedanken war ihr tatsächlich vorübergehend entfallen, dass sie heute mit Jason ausgehen würde – auch wenn ihr Vater dachte, dass er an Bruders statt mit ihr unterwegs war. Sie wusste es besser. Während der Woche hatte er mehrmals seinen Lunch bei ihr geordert und stets ein paar freundliche Worte mit ihr gewechselt. Aus irgendeinem komischen Grund war zu der Zeit, da er da war, niemals ein anderer Kunde im Laden. Hatte er womöglich darauf gewartet, dass er alleine mit ihr ins Gespräch kommen konnte? Sie wagte nicht, das zu hoffen und errötete allein beim Gedanken daran.

Als sie die Treppe hinauf huschte, achtete sie darauf, dass ihr niemand in die Quere kam. Sie hatte darauf verzichtet, ihre feuchten Haare aufzustecken und die *Kapp* darüber zu ziehen. Selbst ihre Familie sollte sie so nicht sehen. Sie wollte nicht, dass ihr Vater womöglich denken konnte, dass sie in diesen Dingen nachlässig war.

In ihrem Zimmer schälte sie sich erneut aus dem Kleid, das inzwischen die Restfeuchte ihrer Haut aufgenommen hatte. Zuerst frottierte sie ihre langen Haare so lange, bis sie fast trocken waren. Dazu hatte sie sie über den Kopf nach vorne geholt, so dass sie fast bis zum Boden reichten, wenn sie sie so nach vorne gebeugt mit dem Handtuch bearbeitete. Ihre Haare waren dicht und von dunkelbrauner Farbe. In einer Art Gedankenblitz dachte sie daran, wie es wohl sein würde, wenn ihr Ehemann als einziger sie jemals in ihrer ganzen Schönheit zu Gesicht bekommen würde und schon wieder fühlte sie die Röte in ihrem Gesicht. Schon verwünschte sie diese Eigenart. Sicher würde sie am heutigen Abend permanent mit roten Wangen herumlaufen! Sie klatschte sich kaltes Wasser aus der Waschschüssel ins Gesicht und holte ihre Zahnbürste und die Zahnpasta vom Bord. Ob nun mit roten Wangen oder nicht – heute wollte sie gut aussehen. Jason sollte von ihr Notiz nehmen und ein Vergleich mit den anderen Mädchen sollte in seinen Augen zu ihren Gunsten ausgehen.

Die Zeit bis zu ihrem Aufbruch kroch elend langsam dahin. Sie wurde von Minute zu Minute nervöser, umso mehr, als sie ihre Aufregung vor ihren Eltern verbergen musste. Da es angefangen hatte zu regnen, saß ihr Vater in der Wohnstube und las in der uralten Familienbibel, die in jener deutschen Sprache geschrieben war, die ihre Vorfahren vor zweihundert Jahren mit nach Pennsylvania gebracht hatten.
Es war ein altertümliches Hochdeutsch. Ihre Umgangssprache allerdings war ein alter deutscher Dialekt, der sich *Pennsylvania-Dutch* nannte, aber mit Niederländisch – die eigentliche Übersetzung des Wortes „Dutch" – nichts zu tun hatte. Eine Touristin hatte ihrer Großmutter einmal erklärt, dass sich das Wort „Deutsch" im englischen wie „Dutch" anhört. Vielleicht kam dieses Missverständnis daher. Letztlich war es einerlei, weil nicht einmal die deutschen Touristen ihren Dialekt verstehen konnten. Auch mit ihnen unterhielten die meisten Amisch sich in Englisch.

Rosie versuchte, sich so ruhig wie möglich zu verhalten. Auf keinen Fall wollte sie weitere Fragen beantworten und sich im Bestreben, nicht lügen zu wollen, nicht doch noch verraten. Sie atmete auf, als Jason an der Hintertür klopfte. Rasch stand sie auf und hoffte, dass ihre Eltern sie auch ohne großartigen Small-Talk loslassen würden.

Natürlich tat ihr ihr Vater diesen Gefallen nicht. Er stand behände auf und war, da er näher an der Hintertür saß, auch schneller bei Jason.

„Jason Burkholder. Du nimmst Rosie mit zu den Millers?" Jason war wenig überrascht vom förmlichen Willkommen. Gerade die Väter von Töchtern neigten dazu, sich junge Männer sehr deutlich in Augenschein zu nehmen. Eigentlich fühlte er sich nicht unwohl hier im Haus der Bylers, zumal er John Byler von verschiedenen Arbeitseinsätzen und natürlich von den zweiwöchentlichen Gottesdienstversammlungen her recht gut kannte.

Allerdings wusste er nicht genau, was ihm Rosie nun erzählt hatte. Er hoffte inständig, dass es wirklich nur um den Bruderdienst ging, den er ihr angeboten hatte und Mr. Byler nicht den zukünftigen Schwiegersohn vor seinem geistigen Auge stehen sah. Ihm wurde ein wenig heiß, umso mehr, als John ihn länger musterte, als eigentlich angemessen gewesen wäre.

Rosie gefiel ihm. Mehr als er im Moment bereit war zuzugeben. Aber zuvor musste er sich mit Rosie anfreunden. Nicht mit ihrem Vater. Das war eindeutig die falsche Reihenfolge!

Sein Blick, der Rosie traf, wirkte ein wenig gehetzt. Wenn sie etwas nicht wollte, dann ein Verhör ihres Vaters mit Jason. Entschlossen trat sie vor ihren Vater und verabschiedete sich rasch.

Johns Gesicht wandelte sich zu einer grimmigen Miene, aber er schwieg. Stattdessen sagte er nach ein paar Sekunden: „Guten Abend, Jason Burkholder…"

Ganz offensichtlich wollte er noch etwas hinzufügen, aber Rosie hatte Jason schnellstens aus der Tür gedrängt und hinter sich zugezogen.

„Wenn wir jetzt nicht gehen, dann kommen wir zu spät bei Millers an", erklärte sie Jason draußen ihr nicht ganz ordnungsgemäßes Verhalten.

„Die Millers wohnen fünf Häuser weiter", grinste Jason.

„Aber die Häuser sind einiges voneinander entfernt."

Schelmisch blickte Rosie zu Jason hinüber, der sich bemühte, sie auf ihrem Weg nicht zu berühren. Noch befürchtete er, dass Mr. Byler ihnen nachschauen könnte.

Er begann ein unverfängliches Gespräch.

„Ihr hattet viel Arbeit in der ersten Woche, nicht wahr?"

Rosie starrte züchtig auf den Boden vor sich. Sie wollte unter keinen Umständen in die Gefahr kommen, ihm zu eindeutige Blicke zuzuwerfen. Ihr Mutter hatte sie zuweilen gerügt, dass ihre Empfindungen zu häufig in ihrem Gesicht zu lesen waren. Rosie hatte sich dann stets gefragt, warum es schlecht sein sollte, Wut oder Ärger zu zeigen, wenn man doch wütend oder ärgerlich war. Und ihre Mutter entgegnete, dass Amisch Wut und Ärger zu bezähmen lernen sollten.

„Ehrlich gesagt, ich bin ziemlich müde. Aber das Singen wollte ich mir nicht entgehen lassen", antwortete Rosie und spielte mit den Bändern ihrer *Kapp*. Als ihr das bewusst wurde, hörte sie schnell wieder damit auf.

Jason beobachtete sie von der Seite. Unbemerkt, wie er hoffte.

Es stimmte schon, sie sah erschöpft aus mit den dunklen Augenringen und der blassen Hautfarbe. Ihm war klar, dass sie in der letzten Zeit nicht oft ins Freie gekommen war, was bei amischen Frauen eher unüblich war.

„Du hattest keine Zeit für den Garten?", fragte er, weil ihm gerade nichts Besseres einfiel.

„Leider nicht. Als wir noch beim Bauen waren, haben wir die Innenausstattung genäht und eingerichtet. Und jetzt, na ja, du sagtest ja selber: Viel Arbeit in dieser Woche. Aber wir sind auch sehr froh, dass es so gut lief. Die Idee mit dem stromlosen Café war wirklich gut."

„Es war ja auch deine, wie ich gehört habe." Nun sah Jason sie direkt an.

„Schon. Aber die Ausstattung des Ladens war Großmutters Sache. Ich habe da nur ein wenig geholfen. Und man soll ja auch nicht stolz sein...", gab sich Rosie zurückhaltend.

„Ach komm. Die anderen sind eurem Beispiel gefolgt. Nur das Restaurant hat Strom und da ist es ja auch angebracht. Aber ich habe die Leute unten in Bird-in-Hand schon darüber reden gehört. Die sind alle begeistert von der Idee und wollen bald mal vorbeischauen."

Rosie wusste, dass Jason tageweise, wenn er in der Kutschenfabrik nicht gebraucht wurde, in Bird-in-Hand, der nächsten größeren Ansiedlung, bei den Kutschenfahrten für die Touristen aushalf. Sein Onkel hatte dort einen Standort.

„Ich mache auch schon Werbung für euch hier oben."

„Das ist nett von dir!" Rosie lächelte ihn nun doch an. Er gab das Lächeln zurück.

Sie waren an der Hauptstraße angekommen und einige junge Leute fuhren in Einspännern an ihnen vorbei.

„Sieh mal, das sind die Zook-Jungs aus Bird-in-Hand und dort kommt Bo Miller mit seiner Schwester. Die sind sogar aus der Gegend um Paradise. Sie werden sicher bei ihrem

Onkel über Nacht bleiben. Ist ein weiter Weg von dort."
Jason deutete auf den einen oder anderen Einspänner.
Rosie war begeistert, gleich so viele junge Leute treffen zu
können. Sie würden am Buffet stehen, das die Millers vorbereitet hatten und zu dem Rosie einen Korb voll Brötchen
beisteuern würde. Und sie würden die schönen Lieder aus
ihrem Gesangbuch, dem *Ausbund* singen. Zu diesem Anlass durften sie die Lieder auch schneller singen als im Gottesdienst, auch das bedeutete Spaß.
Beschwingt betraten sie Millers Scheune und wandten sich
sogleich ihren Freunden zu, die noch streng getrennt nach
Jungen und Mädchen in Grüppchen standen.
Sie stellte ihren Korb auf den Tisch, auf den bereits kaum
mehr Platz war vor lauter leckeren Kleinigkeiten. Rosie
schmunzelte. Bei ihrem englischen Arbeitgeber hießen
diese kleinen Köstlichkeiten, die man in einem Happs in
den Mund schieben konnte, ohne sich die Finger großartig
schmutzig zu machen, Finger-Food. Als ob Finger Hunger
hätten! Sie hatte es einmal ganz im Ernst der Hausfrau gesagt und die hatte lauthals darüber gelacht.
Rosie besann sich und kehrte in die Gegenwart zurück. Einige der Burschen saßen schon auf den vorbereiteten Bänken, die in der Mitte der Scheune aufgebaut waren. Die
Sitzgelegenheiten bildeten zwei Halbkreise, die einander
zugewandt waren, an ihren Längsenden aber noch gebüh-
renden Abstand zur jeweils anderen Seite hatten. Natürlich achteten die jungen Leute darauf, möglichst in der
Mitte zu sitzen, aber diejenigen, die sich zu spät zum Hinsetzen entschieden hatten, mussten sich zwangsläufig auf
den Seiten niederlassen und damit in der Nähe des anderen Geschlechts. Wie Rosie wusste, konnte dies durchaus
als Absicht ausgelegt werden und vor allem das betref-
fende Mädchen wurde zuweilen argwöhnisch beobachtet,

ob sie den Jungs nicht ungebührend nahekam. Rosie schlenderte zusammen mit einem Mädchen, das sich ihr als Linda vorgestellt hatte und mit den Jungs aus Paradise gekommen war, hinüber zu den Bänken. Dort ließen sie sich im mittleren Bereich nieder und beobachteten die anderen, die nun nach und nach hinzukamen. Viele der Jungen und Mädchen kannte sie recht gut. Es waren die jungen Leute aus den Nachbarhäusern, für die die noch nicht verheirateten Miller-Kinder Melly und Carl die Scheune vorbereitet hatten. Ihr älterer Bruder Dan war zwar auch noch unverheiratet, aber zu alt für ein Singen. Gerade überlegte Rosie, ob so ein Singen nicht auch einmal in ihrem Café stattfinden könnte, als ihre Nachbarin zur Linken, Luisa Glick, sie anstieß.

„Schau mal Rosie, oder besser, schau lieber nicht. Aber da drüben ganz links sitzt Martin Benner."

Rosie schaute also nicht, sondern wandte sich Luisa zu, die ein zauberhaftes Lächeln hatte, ansonsten aber ziemlich dünn war. Wie sie von ihrer Mutter wusste, hatten es auch dünne Mädchen zuweilen recht schwer, Jungen für sich einzunehmen.

„Gefällt er dir?", fragte Rosie.

„Er sieht einfach umwerfend aus. Findest du nicht?" Luisa verdrehte schwärmerisch die Augen, was für ein amisches Mädchen durchaus sehr offenherzig zu nennen war.

„Ich darf ja nicht schauen!", grinste Rosie und genehmigte sich nun doch einen Blick auf das linke Ende der Jungensbank.

Luisas Auserwählter war dunkelhaarig und trug eine Brille. Er hatte ein ähnlich schmales Gesicht wie Luisa und Rosie hatte sofort den Eindruck, dass die beiden tatsächlich gut zusammenpassen würden. Jetzt erinnerte sie sich daran, dass er ihr aufgefallen war, als er mit einem Freund die Scheune betreten hatte. Er war mindestens einsneunzig groß und damit wie gemacht für die ebenfalls recht großgewachsene Luisa.

„Er ist prima. Ihr würdet wirklich gut zusammenpassen." Luisa kam aus dem Strahlen gar nicht mehr heraus.

„Und du, du bist mit Jason gekommen?" Luisa sah äußerst gespannt aus.

„Ein Bruderdienst. Du weißt ja, dass ich keinen Bruder mehr zu Hause habe."

Rosie seufzte. Manchmal wünschte sie sich auch so viele Geschwister, wie die meisten hier hatten. In ihrem Zuhause war es zumeist ruhig und leer.

„Ach komm. Bruderdienst ist doch altmodisch. Du kannst doch auch alleine kommen. Ist doch bloß ein Katzensprung. Also, was läuft da?" Luisa ließ sich nicht so leicht abspeisen.

Rosie blies die Backen auf. „Sag das mal meinem Vater. Es mag ja altmodisch sein. Aber mein Vater ist es manchmal auch, das kannst du mir glauben."

Nun atmete auch Luisa tief durch. „Väter! Sind die nicht immer furchtbar altmodisch?"

Rosie zuckte mit den Schultern. „Sie sorgen sich eben um uns."

„Auch wieder wahr. Wenn ich die Kinder der Familie sehe, wo ich saubermache, dann bin ich froh, dass es Leute gibt, die sich um mich sorgen. Die sind alleine bis spät in die Nacht. Die Eltern sind Anwälte. Die haben viel zu tun, weil die Englischen sich ja über alles Mögliche in den Haaren haben."

„Und was machen die Kinder so lange?"

„Fernsehen und Spiele mit ihren Computern. Schlimm finde ich das."

Rosie wurde einer Antwort enthoben, da es plötzlich still geworden war. Einige hatten das Gesangbuch neben sich liegen, aber eigentlich konnte jeder die Lieder, die heute gesungen werden würden, auswendig.

Zufällig war es Jason, der das erste Lied vorschlug und auch gleich anstimmte. Rosie fühlte ein übermächtiges Gefühl in sich. Am liebsten hätte sie ihn auf der Stelle umarmt, oder einfach nur berührt. Doch das war natürlich unmöglich, also sah sie ihn fortwährend an und sang lautstark mit.

„Das war ein Spitzenabend!" Jason hatte seinen Hut in der Hand und schlug ihn – rhythmisch, wie es Rosie schien – an sein Bein. Er war offensichtlich noch bei ihrer zuletzt gesungenen Weise, die ein echter Ohrwurm war und auch Rosie noch im Kopf herumschwirrte.

„Ich hatte vor lauter Arbeit schon vergessen, wie es ist, mal andere junge Leute zu treffen." Auch Rosie tänzelte immer noch in der Melodie gefangen neben Jason her.

„Welche denn speziell?" Jason sah sie von der Seite her an und sie errötete. Rosie war klar, worauf er hinaus wollte.

„Luisa…"

„Die siehst du doch jeden Tag…"

„Martin, Johnjohn, Sissy…", zählte Rosie alle Namen auf, die ihr in diesem Moment einfielen.

„Die siehst du doch auch jeden Tag, also beinahe alle. Bis auf diesen Martin. Wer ist das?"

Jason war stehengeblieben und stand nun frontal vor ihr.

„Der große Kerl mit der Brille."

„Und der gefällt dir?"

„Hab ich das gesagt? – Aber er ist nett. Und Luisa steht auf ihn."

„Du hast vielleicht eine Ausdrucksweise! Das sollte dein Vater nicht hören."

„Ach komm. Ihr Jungs redet doch auch so." Rosie genoss das Zusammensein mit Jason und fühlte sich ungemein wohl in seiner Gegenwart.

„Du hast eine schöne Stimme!", sagte er plötzlich und sie blieb abrupt stehen.

„Was?"

„Du singst sehr schön!"

„Das konntest du doch gar nicht hören, bei all den Mädchen", kokettierte sie.

„Oh doch. Weil ich nur auf dich gehört habe. Dann geht das."

Gut, dass die Straße nur vom Mondlicht erhellt wurde, so konnte Jason nicht sehen, dass ihr Gesicht vor Freude glühte.

„Ach, das sagst du doch nur so."

„Ich sage nur, was ich meine."

Sie waren inzwischen an der Ecke zum Anwesen ihrer Eltern angekommen.

„Gehst du zum nächsten Singen wieder mit mir?" Jason war nicht eben schüchtern. Er sagte klar und deutlich, was er wollte. Rosie gefiel seine Direktheit.

Durch ihre Tätigkeit in der Bäckerei hatte sie gelernt, selbstbewusst aufzutreten. Und sie fand, dass sie sagen konnte, was sie sagen wollte.

„Gerne, Jason. Ich würde gerne wieder mit dir zum Singen gehen."

Sie ahnte ein breites Lächeln auf seinem Gesicht.

„Na, dann sehen wir uns am Montag in der Bäckerei."

„Gute Nacht, Jason." Rosie lief zur Hintertür und Jason wartete ab, bis die Tür ins Schloss fiel.

Kapitel 6

„Und, wie war das Singen?" Rosetta wischte sich den Hefeteig von den Händen und schob das Backwerk in den Ofen.

Am gestrigen Sonntag hatten sie keine Zeit, ein ausführliches Gespräch zu führen, weil eine Cousine ihrer Mutter mit ihrer großen Familie zu Gast war. Rosie hatte viel Spaß mit ihren Cousins und Cousinen, von denen Zwillinge im gleichen Alter wie sie selber waren. Sie lachten viel über die kleinen Streiche, die die beiden Zwillingsmädchen mit ihrem identischen Aussehen ihrer Umwelt gespielt haben. Ihre Verwandten wiederum sahen das Café und die Bäckerei mit Interesse. Bisher hatten sie nur davon gehört und nun konnten sie sich mit eigenen Augen davon überzeugen, wie die Leute in House-at-the-Water versuchten, ihre Lebensweise zu erhalten, obwohl es alles andere als einfach war, so ganz ohne Landbesitz.

Nun standen sie also wieder in der Backstube und selbst Rosie hatte sich inzwischen an das frühe Aufstehen gewöhnt. Eigentlich fand sie es wundervoll, den Sonnenaufgang zu erleben, der sein Licht durch eines der Fenster schickte und den sowohl ihre Großmutter als auch sie selber mit ein paar Sekunden der Stille würdigten.

Rosie lächelte, eine Spur zu versonnen, wie ihre Großmutter sogleich bemerkte.

„Gut," sagte Rosie schließlich, „echt gut. Ich war ja schon einmal auf einem Singen, aber da waren kaum Leute und es gab nichts zu essen."

Rosie erinnerte sich noch gut an jenem Abend vor gut einem Jahr, als dichtes Schneetreiben herrschte und natürlich niemand von den weiter entfernten Jugendlichen sich auf den Weg machte. So saßen nur die Dorfjugendlichen in Stolzfus' Scheune. Da die Familie annahm, dass überhaupt niemand kommen würde, gab es auch nichts zu essen.

„Damals war der Winter schuld", erinnerte sich Rosetta und legte leisen Vorwurf über das Missfallen ihrer Enkelin in ihre Stimme.

„Na, egal. Jedenfalls waren unheimlich viele Leute da und Luisa Glick hat sich in Martin Benner verguckt. Und ich glaube, er sich auch in sie. Jedenfalls habe ich beobachtet, dass sie sich öfter mal ziemlich auffällig angesehen haben."

Rosie hatte sich überlegt, dass die Geschichte von Luisa und Martin von ihren eigenen Gefühlen ablenken würden. Nur hatte sie damit ihre lebenskluge Großmutter unterschätzt. Die knetete gerade an den kleinen Brötchen, die ihre Kunden so liebten. Dazu hatte sie den Teig bereits in gleich große Stücke zerteilt und drehte nun zwei Brötchen gleichzeitig auf der Tischplatte. So wie ihre Großmutter in jeder Hand eines der Hefeteigstücke in Form brachte, beherrschte es Rosie noch nicht. Aber mit jedem Tag wurde es besser. Gerade hatte sie zwei Kirschpies fertig gestellt und in den zweiten Ofen geschoben. Nun schnappte sie sich ihrerseits die kleinen Teigstücke und tat es Rosetta gleich. Ganz so rund wie Rosettas wurden sie noch nicht, aber die Kunden würde es nicht stören. Da die Teile derart lecker waren – vor allem mit dem Leberwurstbelag, den ihre Mutter so köstlich herstellte – achtete niemand wirklich auf die Form.

„Soso. Luisa und Martin. Ist das nicht der große schlaksige Bursche mit der Brille?" Rosetta entging so leicht nichts.

„Genau. Aber er ist nett."

„Warum sollte er nicht nett sein?"

Rosie dachte darüber nach. Natürlich hatte ihre Großmutter recht. Nur weil Martin in ihren Augen neben Jason nicht bestehen konnte, jedenfalls was das Aussehen betraf, durfte sie sich keine Meinung über seinen Charakter bilden.

„Du hast recht, Großmutter. Das war eine dumme Bemerkung."

Rosetta grinste. „Na gut, wenn Martin also vor deinen Augen nicht so wirklich bestehen kann, dann verrate mir doch einmal, wer dein Auserwählter ist."

Mit einem Seitenblick sah sie, dass ihre Enkelin sich gut im Griff hatte. Sie erkannte aber auch, dass Rosie durchaus mit sich rang, ihrer Großmutter und Vertrauten die Wahrheit zu sagen.

Andererseits sprach man nicht über diese Dinge und eigentlich fragte auch niemand nach. Das war eine sehr persönliche Sache zwischen den jungen Leuten.

„Großmutter, einigen wir uns darauf, dass das Singen wirklich schön war und ich viele Leute getroffen habe, die ich lange nicht gesehen habe. Und auch welche, die ich gar nicht kannte. Und ich habe festgestellt, dass ich wirklich gut singen kann." Rosie grinste, als sie dies noch hinterhersetzte, denn es trieb ihrer Großmutter Runzeln auf die Stirn.

„Du sollst nicht stolz sein, liebes Kind", wies Rosetta sie denn auch zurecht.

„So stolz, wie du gestern auf das Werk deiner Hände, die Bäckerei und das Café *nicht* warst?" Rosie grinste immer noch und Rosetta hielt in ihren Bewegungen inne.

Sie richtete sich auf und streckte ihren müden Rücken durch. Das gab ihr Zeit zu einer Antwort.

Sie dachte an den Besuch der Verwandten und wie diese bei einem Rundgang durch die Backstube und den Laden gestaunt hatten. Rosetta hatten ihren Stolz auf all das nicht wirklich verbergen können, auch wenn sie sich selber durchaus bewusst war, dass Gott ihr Verhalten wohl kaum gutheißen würde. Gestern noch hatte Rosetta gedacht, dass Gott diese kleine Verfehlung vielleicht gnädig übersehen würde, doch heute, nachdem Rosie sie auch noch darauf hingewiesen hatte, stand alles doch in anderem Licht.

„Ich fürchte, du hast Recht, Kind. Stolz ist etwas, was in uns liegt, auch wenn wir es nicht wirklich zugeben wollen. Oder wir dagegen ankämpfen. Gegen ein Gefühl kann man nicht ankämpfen, oder nur schwer", antwortete sie also zerknirscht.

Rosie tat es leid, dass sie ihre Großmutter überhaupt darauf angesprochen hatte. Die kleine Zurechtweisung zuvor hätte sie auch ohne Gegenrede hinnehmen können.

Damit war das Gespräch beendet, was durchaus in Rosies Sinne war. Glücklicherweise entstand kein peinliches Schweigen, da beide die Ladentür und eifrige Stimmen hörten.

„Rosetta, bist du da?"

Großmutter wischte sich ihre Hände an der Schürze ab und ging nach vorne in den Laden.

„Anna Burger, guten Morgen, meine Liebe. Schön, dass du deine Kuchen so früh liefern kannst."

Anna Burger war die Schwiegertochter von Ephraim Burgers Sohn Eph und lieferte für die Bäckerei ihre unschlagbaren Käsekuchen, die sie mit unterschiedlichen Obstsorten belegte.

„Schön, dass meine Kuchen so einen Anklang finden, liebe Rosetta. Morgen bringe ich drei Himbeerkäsekuchen."

„Oh, die sind der Renner im Laden", lobte Rosetta, während sie einen Kuchen in der Kühltheke abstellte und die anderen beiden im großen gasbetriebenen Kühlschrank in der Backstube aufbewahrte.

Anna Burger verabschiedete sich rasch, da es Zeit war, ihre Tochter in die Schule zu schicken und auf die kleinen beiden zu achten.

Später schaute Jason auf eine Brotzeit herein. An diesem Tag kam er bereits im Laufe des Vormittags, weil er einige der Kutschen, die Kunden in Ohio bestellt hatten mit zum Bahnhof bringen sollte. Dazu wurde ein Lastwagen bestellt und Jason sollte das Verpacken im Güterwaggon überwachen. Immerhin stellten die Einspänner einen enormen Wert dar und die Kunden wollten ihre Ware einwandfrei erhalten.

„Der junge Mann hat ein Auge auf dich geworfen", erriet Rosetta, die sowohl Jasons Blicke als auch Rosies Erröten wahrgenommen hatte, obwohl zu der Zeit sehr viele Kunden im Laden waren.

„Ach, Großmutter. Auch wenn ich sicherlich nicht das hübscheste Mädchen im Dorf bin, so werden immer mal wieder Jungs einen Blick auf mich werfen." Rosies Antwort fiel so unerwartet aus, dass Rosetta die Augen zusammenkniff und überlegte, ob sie ihre Enkelin deshalb rügen sollte und lieber über deren schlagfertige Art lachen.

Sie entschied sich für letzteres und unterließ es für den Rest des Tages, noch einmal nach potentiellen, zukünftigen Partnern des jungen Mädchens zu fragen.

Rosie ärgerte sich über die Hartnäckigkeit ihrer Großmutter. Sie hoffte, dass ihre Verstimmung nicht bei den Kunden ankommen würde und bediente noch ein Stückchen zuvorkommender als ohnehin schon.

Rosetta hingegen sorgte sich. Sie hatte sich vorgestellt, dass Rosie den Laden übernehmen könnte, wenn sie sich einmal endgültig ins Altenteil zurückziehen würde. Zwar sollten bis dahin noch einige Jahre vergehen, wie sie hoffte, aber irgendwann würde es so weit sein. Wenn Rosie dann einen Partner hatte, der sie mit in sein eigenes Haus nehmen würde, wer sollte dann das Geschäft weiterführen?

Bisher hatte sie niemanden an dieser Sorge, die an ihr nagte, seit sie mit ihrem Sohn die Pläne geschmiedet hatte, teilhaben lassen. Genaugenommen lag ohnehin alles in Gottes Hand und diese Tatsache anzuzweifeln wäre gotteslästerlich. Aber sie konnte nicht umhin, die Augen offenzuhalten.

*****

Sie hatten inzwischen ihren Weg gefunden. Die Kunden liebten den kleinen Laden mit dem urigen Café.

Zum einen kamen die Weltlichen, die das amische Ambiente in sich aufsogen und damit das Gefühl hatten, wirklich teilzunehmen an dieser für so exotischen Lebensweise. Einige würden sich sicher in ihren Erzählungen später damit brüsten, zu Gast bei den Amisch gewesen zu sein. Zum anderen mochten aber auch die Amisch selber die Tatsache, dass sie hier eine Umgebung fanden, die ihrer Überzeugung nicht widersprach. Da konnten sie die kleinen Blumensträuße und Tischdeckchen auf den Tischen und den Schmuck an den Wänden hinnehmen.

Die Kuchenlieferungen von den anderen Frauen funktionierten vortrefflich und auch ihre selbst hergestellten Backwaren benötigten nicht mehr dieselbe Zeit wie noch vor Wochen.

Im Wesentlichen war es Rosie, die sich Gedanken darüber gemacht hatte, wie sie am zeitsparendsten vorgehen konnten. Nun buken sie die Tortenböden einmal in der Woche und hielten sie gut verpackt im Kühlen. Die Torten selber ließen sich dann leicht zwischendurch herstellen, weil nur noch die Cremes anzurühren waren. Auch hatten sie ihren Wochenplan verfeinert, so dass sie immer ein umfangreiches Angebot in der Kühltheke hatten, wobei jeder Wochentag seine Spezialitäten bot. Täglich hatten sie nur noch Brot und Brötchen herzustellen. Ab sechs Uhr morgens konnten die Kunden das frische Backwerk abholen, allerdings gab es erst um sieben die ganze Auswahl. Dann hatte Rosies Mutter auch die Stullen geschmiert und zum Verkauf vorbereitet. Das Mädchen, das im Verkauf half, kam ebenfalls um sieben und blieb bis nach dem Mittagsgeschäft. Nachmittags war Rosie allein im Laden, weil sie darin übereingekommen waren, dass Rosetta um vier Uhr morgens mit dem Backen begann und Rosie erst um halb sechs dazu kam. Dafür legte sich Rosetta nachmittags hin. Eine weitere Angestellte, die erst seit zwei Wochen bei ihnen war, kam gegen vier Uhr nachmittags und blieb bis zum Ladenschluss um sieben Uhr abends. Sie begann auch mit dem Putzen der bis dahin leeren Kühltheke und der Backstube, in der Rosetta zwischendurch immer mal wieder werkelte, um schon für den nächsten Tag vorzubereiten. Mit dem Wischen des Bodens nach Ladenschluss endete dann auch Rosies Tag. Aber Rosetta hatte darauf bestanden, dass das Mädchen freitags nur bis mittags arbeitete und auch am Dienstag, dem schlechtesten Geschäftstag, früher ging. Mittwochnachmittag hatten alle Geschäfte im Ort geschlossen, was vor allem Touristen irritierte, die die Rund-um-die-Uhr-Öffnungszeiten im übrigen Amerika verinnerlicht hatten. Aber die Familien blieben in dieser Hinsicht hart. Immerhin musste die Arbeit in Haus und Garten auch gemacht werden.

Rosie hatte mittlerweile zwei weitere Singen besucht, die weiter weg stattgefunden hatten. Jason hatte sie jedes Mal abgeholt und wieder nach Hause gefahren. Inzwischen gingen sie untereinander sehr offen damit um, dass sie zusammen waren. Sie sprachen sogar über ihre Zukunft und wie sie sich diese vorstellten. Obwohl eine derartige Freundschaft nicht nach außen getragen wurde und im Verborgenen blühte und es außerdem gegen die uralten Regeln war, genauer nachzufragen, sahen Eltern und Freunde natürlich, wie die jungen Leute zueinander standen. Bemerkungen wurden keine gemacht, die Augen offengehalten umso mehr.

Jason und Rosie genossen ihre gemeinsame Zeit und es verstand sich von selber, dass Jason jeden Morgen seinen Lunch im Laden holte, um einen Blick auf *sein* Mädchen zu erhaschen und vielleicht sogar ein paar unverfängliche Worte mit ihr zu wechseln. Natürlich verhielt es sich umgekehrt genauso. Wann immer Jason zur stets gleichen Zeit den Laden betrat, ging Rosie das Herz auf und ihre Wangen glühten. Der Sommer versprach, wunderschön zu werden!

Kapitel 7

Der Sommer begann mit einer sehr heißen Phase, die wochenlang anhielt. Abgesehen davon, dass es langsam ein Problem darstellte, dass die Felder und Wiesen austrockneten, bedeuteten die gnadenlosen Temperaturen anstrengende Arbeitstage und schlaflose Nächte.

Sie saßen beim Abendessen in Mutters Küche und waren froh, in Kürze aus ihren durchgeschwitzten Gewändern schlüpfen zu können.

„Im Gewächshaus ist es kaum auszuhalten. Nicht das kleinste Lüftchen gelangt durch die offenen Fenster. Die einzigen, die sich daran erfreuen, sind die Paprikapflanzen." Ihr Vater hatte einen ganzen Becher Zitronenlimonade ausgetrunken, die ihre Mutter in sehr großer Menge schon am Morgen hergestellt und mit Eiswürfeln heruntergekühlt hatte. Jetzt im Sommer verwendete sie gerne Plastikgeschirr, vor allem für die Getränke, die ihr Vater gerne mit in den Garten nahm und irgendwohin stellte. Entsprechend oft fielen die Becher von ihren oft abenteuerlichen Stellplätzen. Während sich zuvor allzu häufig die Glasscherben auf dem Boden verteilten und nur schwer wieder einzusammeln waren, konnte dies den beinahe unkaputtbaren Plastikbechern nicht passieren. Überhaupt trank ihr Vater über den Tag verteilt mehrere Liter Wasser und Limonade, falls ihre Mutter dazu kam, welche anzusetzen. Sein Durst schien unerschöpflich zu sein. Und trotzdem war ihm hin und wieder schwindelig und er musste sich eine Weile hinsetzen. Die Frauen in der Familie machten sich durchaus Sorgen um ihn, da sich in diesen Situationen in seinem Gesicht eine unnatürlich graue Farbe breitmachte und ihn schrecklich ungesund aussehen ließ. Er selber überging diese Schwäche mit grantiger Miene und verbot allen, die sich gerade in seiner Nähe befanden, auch nur nach seinem Befinden zu fragen.

Er sei eben nicht mehr der Jüngste, war noch das Freundlichste, das derjenige, der wagte ihn anzusprechen, von ihm zu hören bekam.

Ihre Mutter hatte etwas früher am Tag kurz im Laden vorbeigeschaut und erzählt, dass er wieder einen dieser seltsamen Anfälle gehabt hatte, was Rosie dazu veranlasste, ihn ganz genau zu mustern.

„Im Laden ist momentan nicht zu viel los. Ich könnte dir nachmittags im Gewächshaus helfen", bot Rosie an.

„Hat die Frau wieder geplappert?" Grimmig schaute John zu Elizabeth und wandte sich dann wieder seinem Fleischstrudel zu, der da so lecker vor ihm auf dem Teller lag.

„Du kannst nicht verlangen, dass wir nicht darauf achten, wenn du … nicht ganz auf der Höhe bist." Rosie hatte kurz innegehalten, darauf bedacht, ihn nicht gleich zu Beginn zu verprellen.

Es war zuweilen nicht einfach, mit John ein Gespräch zu führen, das er eigentlich ablehnte, aber wenn man die richtigen Worte fand, dann konnte es gelingen. Auf seine Antwort kam es nun an, ob sie das Anliegen vorbringen konnten, das sie heute Nachmittag besprochen hatten, oder nicht.

„Es ist zu heiß, das ist alles." Obgleich sehr bestimmt gesprochen, klang es nicht so, als würde er das Gespräch bereits für endgültig beendet erklären.

Rosie tastete sich vorsichtig weiter.

Die beiden anderen Frauen wussten, dass es genaugenommen nur Rosie gelingen konnte, ihn mit ihrem Plan bekanntzumachen. Sie vereinigte die Macht, die Töchter zuweilen über ihre Väter hatten, mit einem besonders guten Draht zu ihm. Oder anders gesagt: Zuweilen durfte sie mehr sagen, als so manch anderer.

„Ach Papa, du weißt doch selber, dass es nicht nur an der Hitze liegt. Es wäre alles ganz einfach, wenn du einmal zu einem Arzt gehen würdest. Dann wären wir drei auch beruhigt."

Vollkommen überraschender Weise verzog sich seine grimmige Miene zu einem Grinsen.

„Kleines konspiratives Treffen heute Nachmittag, was? Ich habe euch beobachtet, als ich mir etwas zu trinken aus der Küche holte."

Seine Reaktion war gut! Sie war sehr gut!

„Wir dachten uns einfach, dass du dich einmal um dich kümmern solltest, wo du dich ständig um uns und deine Pflanzen kümmerst."

Rosie vermied es wohlweislich davon zu sprechen, dass sie sich sorgten. Denn die Frauen der Familie waren sich durchaus darüber im Klaren, dass er in jenen Momenten nur so abweisend reagierte, weil er sich selber sorgte, das aber vor sich und den anderen nicht zugeben konnte.

„Ich gehe morgen zu Fran Stolzfus, damit ihr zufrieden seid."

Ihre Mutter, die hinter ihrem Vater stand, um ihm noch von der kalten, süßen Limonade einzuschenken, runzelte die Stirn. Fran war fast hundert Jahre alt und galt als Heilerin. Die Älteren im Dorf und den umliegenden Gehöften schwörten auf ihre Tees und Kräutermischungen, auf die sie sich gut verstand und die auch – das konnte niemand

bestreiten – recht gut halfen. Aber eben nur bei Magenver-
stimmungen, Kopfschmerzen, Frauenleiden, Erkältungen
oder anderen alltäglichen Wehwehchen. Keinesfalls sollte
sie die erste Wahl bei einem seltsamen Leiden, wie dem ihres Vaters sein.

„Und wie wäre es, wenn ich dich morgen nach Bird-in-
Hand mitnehme und du beim Doktor vorbeischaust? Ich
muss Besorgungen machen", versuchte Rosie es noch einmal.

Ihr Vater sah immer noch nicht unfreundlich aus, aber er
schlug mit der flachen Hand auf den Tisch, um zu signalisieren, dass das Gespräch hiermit beendet war. Als sie Luft
holte, um noch etwas darauf zu sagen, schnitt er ihr das
Wort ab.

„Ich gehe zu Fran. Das muss euch reichen."

Elizabeth seufzte vernehmlich, als sie sich wieder an den
Tisch setzte und ihren unglaublich leckeren Strudel weiter
verspeiste. Aber sie schwieg, genauso wie Rosetta. Alle, in-
klusive John, wussten, dass dies das letzte Wort zu diesem
Thema für einige Zeit sein würde.

Leider kam er nicht mehr dazu, Fran zu besuchen, da sie
noch in derselben Nacht für immer einschlief. Sie, die jeden
Tag noch vor den anderen aufgestanden war und sich
nicht nehmen ließ, das Frühstück für ihre große Familie zuzubereiten, hatte urplötzlich die Kraft verlassen. Fran war
ein kleines, zerbrechlich wirkendes Persönchen gewesen,
dem man ihr Alter aber in keiner Weise angesehen hatte.
Es gab keinerlei Anzeichen, dass der Herr sie in dieser
Nacht zu sich holen würde.

„Linda sagte, sie hatten sich gewundert, dass Fran nicht im
Haus herum rumorte, als sie und Henry sich noch im
Schlafzimmer befanden. Du weißt ja, dass sie immer schon

um vier Uhr morgens aufstand, um das Frühstück zu machen und sich um die Hühner zu kümmern. Dann haben sie nachgesehen und sie schlafend im Bett vorgefunden. Das heißt, sie sah aus, als würde sie schlafen, aber da musste sie schon Stunden beim Herrn gewesen sein." Ann Burger hatte ihre Kuchen gebracht und reichte nun auch zwei Strudel herüber, die Linda Stolzfus ihr mitgegeben hatte.

„Mae hat sie mir eben gebracht und gefragt, ob ich sie nicht mit zu euch mitnehmen könnte", erklärte sie.

„Ach, das ist ja schrecklich. Stell dir nur vor, sie würde irgendwo allein im Wald verstorben sein, wo sie doch immer so früh Kräuter sammeln ging." Rosetta war in Gedanken ganz bei der Verstorbenen, als sie die Backwaren entgegennahm.

„Nun, ich denke, inmitten ihrer Wurzeln und Kräuter wäre ein schöner Platz gewesen, um dem Herrn gegenüberzutreten", entgegnete Ann.

„So gesehen hast du sicher recht. Die gute Linda. Denkt auch noch an unsere Strudel."

„Ich glaube, sie war ganz froh, sich mit etwas zu beschäftigen."

Die beiden Frauen nickten beklommen. An und für sich bedeutete der Tod eines Menschen, dass er nun beim Herrn sein konnte und deswegen kein Anlass bestand, um ihn zu trauern, aber allein die Tatsache, dass nun eine Lücke da war, ließ sie nachdenklich werden. Die Lücke, die Fran mit ihrem reichen sechsundneunzigjährigen Leben hinterließ, war durchaus nicht klein.

„Würdest du Linda unser Bedauern ausrichten? Ich werde später selber hinübergehen und Lunch mitbringen."

Ann nickte und die Bänder ihrer Haube tanzten um ihre Schultern. „Mach ich gerne, Rosetta. Auf Wiedersehen!"

Wenig später kam Jason in den Laden. Rosie lugte aus der Backstube, als sie die Türschelle hörte und beeilte sich, noch vor Wendy Hershey, ihrer morgendlichen Hilfe an die Theke zu kommen.

„Du siehst schön aus, wenn du dich mit Mehl puderst", lachte er.

Verstohlen blickte er sich zu Wendy um, die jedoch in der Backstube verschwunden war, um die gerade fertigen Brötchen in den Laden zu holen.

„Oh je, das sollte eigentlich nicht passieren. Sauberkeit ist alles!" Rosie riss rasch ein Blatt vom Küchenpapier ab und wischte über ihre Wange.

„Ach Rosie, ich kenne keinen Laden, in dem es sauberer ist, als in eurem. Und wer seit vier Uhr früh Kuchen bäckt, darf auch mal Mehl im Gesicht haben." Jason blickte sie liebevoll an, dann wurde seine Miene traurig.

„Schade das mit Fran, nicht wahr? Auch wenn man in ihrem Alter natürlich damit rechnen muss, abberufen zu werden. Aber sie wird mir fehlen. Sie war so eine feine alte Dame."

Das Gefühl von tausend flatternden Schmetterlingen in ihrem Bauch verstärkte sich in dem Maße, in dem Jason so nett über Fran sprach und sie mit so viel Liebe anblickte.

„Ja, ich mochte Fran auch." Sie fühlte, wie sie errötete. „Und ich stehe gar nicht seit vier Uhr früh in der Backstube. Das ist Großmutters Arbeit."

„Ach, ihr beiden arbeitet trotzdem viel zu viel. Du musst doch jeden Tag unendlich müde sein." Jason sah ihr in die Augen und Rosie zuckte mit den Schultern. Die Schmetterlinge im Bauch verhinderten eine Antwort.

„Du hast doch morgen Nachmittag frei?" Jason sprach
weiter. Er hatte seine Geldbörse herausgeholt und beschäf-
tigte sich angelegentlich mit dem Kleingeld. Ganz offensichtlich machte ihn diese Frage auch befangen.

„Ja, warum?" Rosie fand es sehr aufregend, von ihrem
Freund gefragt zu werden, wie sie wohl ihren Nachmittag
herumbrachte.

„Die Fabrik schließt in den nächsten beiden Tagen, so
lange Fran noch nicht beerdigt ist. Wir könnten ein Picknick machen. Was hältst du davon?"

Rosie hielt sich an der Theke fest, weil sie vorübergehend
wackelige Knie bekam. Ein Picknick! Irgendwo mit Jason
alleine den Tag verbringen!

„Prima Idee! Ich sorge für das Picknick und du für ein
schönes Plätzchen."

„Wird dein Vater nichts dagegen haben?" Jason sah sehr
zweifelnd aus. Rosie lachte.

„Er wird nichts dagegen haben. Ich kann meine freie Zeit
verbringen mit wem ich will. Ich bin alt genug." Ihre Erklärung geriet länger, als sie eigentlich wollte. Letztendlich
überspielte sie damit ihre Nervosität, was sich aber als
überflüssig herausstellte, da sie sogleich aus Versehen alle
Kuchenmesser hinunterwischte, die Wendy schon vorbereitet hatte. Die stand inzwischen wieder im Laden und
grinste. Jason grinste auch. Und Rosies Wangen glühten,
noch mehr als zuvor schon.

„Was kann ich dir denn anbieten?"

„Heute eigentlich nichts. Weil ich gleich wieder nach
Hause gehe. Aber für den Weg hätte ich gerne eines von
euren leckeren Käsebrötchen."

„Im Moment habe ich nur noch welche von gestern. Die frischen sind noch nicht fertig." Jetzt, da es um geschäftliche Dinge ging, hatte sie sich wieder gefangen. Hier fühlte sie sich sicher.

„Kein Problem. Die sind immer lecker!"

„Na, dann." Sie packte zwei der Brötchen, die in einem Korb neben der Theke als von gestern ausgewiesen waren, in eine Papiertüte. „Dann schenke ich dir zwei davon."

„Oh, danke!" Als er die Tüte entgegennahm, berührte er ihre Hand und drückte sie verstohlen. „Ich hole dich morgen um drei ab, ist das in Ordnung?"

Rosie nickte begeistert. Und sie schaute ihm noch nach, als er den Laden bereits verlassen hatte.

„Ist ein hübscher Kerl, der Jason."

Wendy hatte die Kuchenmesser wieder gereinigt und legte sie erneut bereit. Doch mehr als ein Nicken bekam sie von Rosie nicht als Antwort. Genaugenommen konnte die im Moment gar nichts sagen, so sehr freute sie sich auf morgen.

Kapitel 8

Während die Vorbereitungen für die Beerdigung von Fran Stolzfus die dörfliche Gemeinschaft beschäftigten, hatte Rosie ihre Verabredung mit Jason im Kopf. Sie leistete der alten Fran Abbitte darüber, dass sie so gefangen in ihrer eigenen – rosaroten – Welt nicht gebührend an sie dachte. Immerhin hatte sie eine Menge Arbeit durch die bevorstehende Beerdigung. Rosetta hatte sich ausnahmsweise den Vormittag einige Stunden frei genommen, um zu den Stolzfus' zu gehen und dort mitzuhelfen, den Wohnraum der Familie umzufunktionieren. Es galt, die wenigen Möbel, die dort standen, aus dem Raum zu bringen. Dazu mussten der Geschirrschrank und die beiden kleineren Kommoden ausgeräumt werden, damit die Männer sie vorübergehend in der Scheune unterbringen konnten. Dann wurden Böcke aus der Produktionshalle herübergebracht, mit Brettern aus der Scheune belegt und alles zusammen befestigt. Diese provisorischen Tische belegten die Frauen mit weißen Tischdecken und schoben sie vorerst in einer Ecke des großen Raumes zusammen. Nach der Beerdigung würden die von weither angereisten Verwandten und nahestehende Gäste ein Mahl genießen, bevor sie sich wieder auf die Heimfahrt machten. Die Mahlzeit würde von den Frauen der Nachbarschaft vorbereitet und aufgetischt werden, genauso, wie all die Haus- und Hofarbeiten, die in der Zwischenzeit anfielen, von den Nachbarn erledigt werden würden.

Die Familie kümmerte sich um die Verwandten, die schon angereist waren. Im Wesentlichen handelte es sich um Onkel und Tanten der großen Stolzfus-Familie, die mit ihren

Einspännern bis aus dem Nachbarbezirk kamen, um Fran die letzte Ehre zu erweisen.

Rosie hatte Wendy gebeten, an diesem Tag länger zu bleiben, während sie damit beschäftigt war, Geschirr und Besteck aus dem Café einzupacken, um sie den Stolzfus' auszuleihen. Dabei musste sie kalkulieren, wie viel Porzellan sie unbedingt im Geschäft benötigten, damit der Laden noch laufen konnte. Sie würden häufig spülen müssen. Außerdem buk Rosie einige Portionen mehr von den leckeren Käsebrötchen, um all die Menschen zu versorgen, die im Stolzfus-Haus in den nächsten Stunden und Tagen ein- und ausgehen würden.

Schließlich packte sie den Teil der Brötchen, die schon fertig waren, in einen Korb, wies Wendy an, wann sie den zweiten Teil der Ladung aus dem Ofen nehmen musste, und marschierte die Straße entlang bis zum Stolzfus-Anwesen, das praktisch am Ortseingang lag und einen gehörigen Teil der rechten Dorfseite einnahm. An Henry Stolzfus' Haus grenzte der Hof von Ed Stolzfus', seinem Bruder an, der Pferde züchtete.

Obwohl die Fabrik über die Zeit der Aufbahrung geschlossen hatte, bevölkerten viele Menschen den Innenhof, auf dem inzwischen auch zahlreiche Einspänner in einer Reihe parkten. Die letzten Ankömmlinge, die Rosie auf den ersten Blick nicht kannte, schirrten gerade das Pferd ab, um es in der angrenzenden Koppel von Ed Stolzfus einzustellen. Der noch recht junge Mann führte das Pferd auf die Wiese, während die junge Frau einen Korb mit Essen aus dem Wagen holte.

Rosie grüßte sie freundlich beim Vorbeigehen. Als die junge Frau beim Erwidern des Grußes aufblickte, erkannte Rosie Libby, die gut 20 Jahre jüngere Schwester von Linda. Libby war seit einigen Jahren verheiratet und hatte drei

Kinder, wie Rosie wusste. Libby war Stammkundin in ihrer Bäckerei und hatte oft ihre süßen Kinder dabei, wenn sie zum Einkaufen ins Dorf kam. Wenn wenig los war, nahm sich Rosie dann die Zeit, mit den Kleinen ein wenig zu schäkern. Dann spurteten die zwei Größeren unbeholfen auf ihren wackeligen Beinchen durch den Laden, während das Baby auf Libbys Arm glücklich dazu jauchzte. Jetzt hatte sie ihre Kinder nicht dabei, offensichtlich achtete ihre Schwiegermutter auf die drei quirligen Kleinen.
Gideon Hilty, ihr Ehemann, schlenderte zu ihnen herüber und grüßte Rosie ebenfalls sehr freundlich. Dann gingen sie gemeinsam ins Haus.

Es herrschte eine ruhige, gesammelte Atmosphäre im großen Wohnraum der Stolzfus. In der Mitte befand sich der offene einfache Holzsarg, in dem Fran wie schlafend lag und einen ungeheuer friedlichen Eindruck machte. Obwohl Rosie Fran und den Hinterbliebenen bereits ihre Aufwartung gemacht hatte, ging sie noch einmal an den Sarg, um ein stummes Gebet zu sprechen. Was ihr heute Morgen nicht aufgefallen war, stach ihr jetzt, da sie gefasster als noch zuvor hier stand, ins Auge. Fran trug eine *Kapp,* die sie an der alten Frau noch nie gesehen hatte. Der weiße Organzastoff wirkte vergilbt, was man in den aufspringenden Falten sehr gut sehen konnte. Dort hatte sich der feine Stoff seine schimmernd weiße Farbe erhalten. Fran hatte also ihre Hochzeitskapp aufbewahrt, um sie zusammen mit ihrem Leichenhemd, dass sie sich zu Lebzeiten selbst genäht hatte, auf dem Totenbett zu tragen. Rosie erinnerte sich daran, dass ihre Mutter einmal mit trauriger Stimme erzählt hatte, dass sie ihre eigene Hochzeitskapp nicht mehr hatte, weil diese während eines Trockenvorgangs auf der Wäscheleine von einem starken Wind in die Gülle des

Misthaufens gefallen war. Damals hatte Rosie gelacht, doch im Angesicht der aufgebarten Fran verstand sie, was ihre Mutter damals empfunden haben mochte. Sie wandte sich nachdenklich ab und ging in Richtung der Küchenzeile.

Die zahlreichen Verwandten standen in der Nähe des Sarges und erwiesen ihrer Tante, Großmutter oder Cousine ihre Aufwartung. Die Nachbarn und Freunde waren am frühen Morgen schon da gewesen und hatten dann die Arbeit auf dem Stolzfus-Anwesen unter sich verteilt. Die Familie sollte keine Arbeit haben, so lange Fran noch im Wohnraum aufgebahrt stand und die Verwandten zu Besuch waren.

Rosie stellte ihren Korb auf die Anrichte in der Küche zu den anderen Körben, die da schon aufgereiht waren und grüßte Rosella mit einem stummen Kopfnicken. Die füllte dort gerade einige Platten mit den mitgebrachten Speisen.

„Vielen Dank, Rosie. Ich werde einen der Männer zum Laden schicken, um das Geschirr abzuholen. Die Stolzfus haben eine große Familie, die heute und morgen hier ankomen werden. Da wird Geschirr gebraucht", flüsterte sie.

Rosie nickte. Familienfeste stellten immer eine halbe Völkerwanderung dar, weil die Verwandten mit ihren großen Familien beinahe vollzählig erschienen.

Rosie beobachtete einen Moment lang die im Gebet versunkenen Trauernden. Einige der jüngeren Frauen hatten Tränen in den Augen. Die Männer trugen beinahe schon gleichgültige Mienen zur Schau, die davon zeugten, dass sie die Trauer, die sie vielleicht im Inneren empfinden mochten, nicht nach außen lassen wollten. Da Fran nun in einer besseren Welt war, wie jeder einzelne hier glaubte, gab es keinen Grund, über ihren Tod traurig zu sein. So zumindest die Theorie. Praktisch trauerten die Amisch genauso um ihre Lieben, wie alle anderen Menschen auch. „Gibt es noch etwas zu tun?", flüsterte Rosie nun zurück. „Die Nachbarinnen haben einige der Räume im *Großdaddyhaus* zu Gästezimmern umfunktioniert und in Frans Wohnküche ein Buffet aufgebaut. So kann jeder für sich selber sorgen. Du kannst ruhig wieder zurückgehen. Und ich werde rechtzeitig da sein, damit du deinen freien Nachmittag bekommst." Rosetta zwinkerte ihrer Enkelin zu. Wieder nickte Rosie, diesmal mit leisem Schmunzeln. Sie wusste, dass Frans Austragshaus zuvor das Wohnhaus der Familie eines der fünf Brüder von Henry war. Rosie glaubte, sich daran zu erinnern, dass es Lowell war, der jüngste Bruder, der allerdings vor einigen Jahren nach Ohio gezogen war, weil er dort Land erwerben konnte. Damit hatte Fran, die bereits ein Zimmer dort bewohnte und zuvor mit Lowells Frau gewirtschaftet hatte, das Haus für sich alleine. Tatsächlich bewohnte die alte Frau aber nur die Wohnküche und eines der Schlafzimmer im Obergeschoss.

Rosie schnappte sich ihren eigenen und einen weiteren Korb und trug ihn durch die Verbindungstür hinüber zum Buffet im anderen Haus. Linda saß dort, zusammen mit zwei ihrer Schwestern, und trank Kaffee mit ihnen. Rosie nickte ihnen zu, wollte aber nicht stören, da sie mit Linda bereits am frühen Morgen gesprochen hatte, als sie zusammen mit ihrer Großmutter einige Tischdecken herübergetragen hatte. Stattdessen packte sie den Inhalt des fremden Korbes zu den Speisen auf dem Tisch. Es handelte sich um eine lecker aussehende Gemüsequiche und einen großen Stapel von Sandwiches, die mit Wurst und Käse und Tomatenscheiben belegt waren. Ihren eigenen Korb stellte sie auf die noch unbelegte Tischecke und öffnete das große

Tuch, das um die noch warmen Brötchen gehüllt war. Leckerer Brotgeruch verteilte sich im Raum.

Dann verließ sie den Hof, um Wendy zu erlösen, die sich sicherlich um diese Uhrzeit vor Kunden kaum retten konnte.

Als Rosie den Teil der Straße erreichte, von dem aus man einen kleinen Blick auf den außerhalb liegenden Friedhof der Gemeinschaft erhaschen konnte, sah sie dort drei junge Männer, die die Jacken ausgezogen und die Hüte abgesetzt hatten, und eifrig dabei waren, Frans Grab auszuheben. Sie blieb stehen und beobachtete die drei eine Weile. Es war üblich, dass die jungen Männer der Gemeinde sich um das Grab kümmerten. Einer von ihnen war Jason und wieder waren da die Schmetterlinge, die wild tobend ihr Innerstes aufwühlten. Auf angenehmste Weise aufwühlten. In diesem Moment hatte Rosie das Gefühl, niemanden jemals so lieben zu können wie Jason. Fast konnte sie die Zeit, bis er sie später abholen würde, nicht mehr aushalten.

Rosetta hielt Wort und war so pünktlich zu Hause, dass Rosie sich in ihr Zimmer zurückziehen konnte, um sich umzuziehen und frisch zu machen. Sie steckte ihre Haare neu auf und setzte sich eine Weile auf die Bettkante, um nach diesem hektischen Tag durchzuatmen. Es war heiß hier oben und selbst nachts war es kaum auszuhalten. Dennoch kam es Rosie nie in den Sinn, ihr bodenlanges, langärmeliges Nachthemd gegen die leichtere Unterwäsche zu tauschen, die die Nacht sicher angenehmer gemacht hätte. Sie fand, dass heute ein seltsamer Tag war. Immerzu schweiften ihre Gedanken ab, rankten sich um seltsame Dinge, an die sie normalerweise im Leben nicht denken würde. Dann stellte sie überrascht fest, dass sie mit jeder Minute, die sie hier untätig herumsaß, nervöser wurde.

Warum dies so war, wusste sie selber nicht, zumal sie nicht zum ersten Mal alleine mit Jason unterwegs war.

Letztendlich war sie froh, als es endlich Zeit war, hinunter zu gehen, um den Picknickkorb einzupacken. Sie hatte das Essen schon im Kühlschrank gelagert und musste es nur noch in den Korb legen. Die beiden Literflaschen Zitronenlimonade, die jetzt noch schön kalt waren, wickelte sie in einige Lagen Alufolie, damit sich vielleicht noch etwas von der angenehmen Temperatur erhielt, bis sie dort angekommen waren, wo Jason sie hinbringen würde.

Mit gepacktem Korb stellte sie sich seitlich ans Fenster, um hinaus zu lugen, ob Jason mit dem Einspänner nicht schon um die Ecke biegen würde. Niemals würde sie im Hof auf ihn warten, und so ihre Ungeduld offenlegen. Dennoch stellte er sie auf eine harte Probe, da er sich um eine volle Viertelstunde verspätete.

Als sie im Einspänner saßen und sich ihre Arme und Beine berührten, wurde es Rosie regelrecht schwindelig. Sie konnte kaum fassen, dass sich ihre Freundschaft zu Jason so ideal entwickelte und er ebenso über sie dachte, wie sie über ihn.

„… und: bist du jetzt böse mit mir?" Jason hatte etwas gesagt, was sie nicht mitbekommen hatte. Schon wieder waren ihre Gedanken abgeschweift.

Doch egal, was er ihr gerade erzählt hatte, die Antwort war zumindest leicht: „Wie könnte ich dir böse sein?"

„Es war schwierig mit Frans Grab. Wir mussten große Steine herausholen", erzählte er weiter und Rosie vermutete, dass er auch zuvor davon gesprochen hatte.

„Es ist ziemlich trocken und der Boden hart." Das war eine unverfängliche Feststellung und Rosie mahnte sich selber zu mehr Aufmerksamkeit.

„Vater sagt, dass es dringend regnen muss. Die Ernte steht an der Kippe. Den Obstgarten bewässern wir schon seit einiger Zeit per Hand." Jason runzelte die Stirn, so sehr beschäftigte ihn das Problem.

„Ja, wir wässern auch schon seit Tagen. Gut, dass wenigstens das Wasser noch ausreicht." Rosie rutschte ein wenig auf dem Kutschbock herum, da ihr plötzlich bewusstwurde, wie krumm sie dasaß.

Jason wandte den Kopf und grinste sie an. „Hast du ein Problem?"

„Ach nein, natürlich nicht. Ich... äh .... mir waren nur die Beine eingeschlafen", rettete sie sich und spürte, dass ihre Wangen und Ohren feuerrot anliefen.

Jason grinste immer noch, wandte sich dann aber wieder dem Weg zu. Rosie fiel auf, dass er die Teerstraße verlassen hatte und in Richtung des Sees eingebogen war.

„Wir fahren zum See?"

„Und baden unsere Beine, genau." Wieder schaute er sie an und in seinem Blick lag etwas Weiches, Angenehmes. Rosie senkte befangen den Kopf.

Na gut, die Beine konnte sie baden. Wenn sie wie jetzt barfuß liefen, konnte man ihre Beine auch sehen. Die Aussicht auf das kalte Wasser überflügelte ihre Befangenheit und sie begann, die angespannten Schultern zu lockern.

„Ich fahre um den See herum bis zum Wasserfall. Dort gibt es ein paar Steine, auf die wir uns setzen und die Beine ins Wasser stecken können."

„Ja, das ist gut." Sie reckte ihr Gesicht in die Sonne und schloss die Augen. Der sanfte Fahrtwind kühlte angenehm und es erschien ihr, als wäre sie im Paradies.

Kurze Zeit später hatten sie das idyllische Fleckchen erreicht. Zu ihrer Rechten fiel der kleine Wasserfall in einen winzigen See. Der Abfluss des Sees erfolgte zur rückwärtigen Seite, die sie von hier aus nicht sehen konnten. Ein schmaler Weg trennte diesen kleinen See vom größeren Gewässer, das sich zu ihrer Linken ausstreckte. Dorthin gingen sie nun und suchten sich ein Plätzchen auf einem flachen Felsen, der so lag, dass sie sich bequem daraufsetzen konnten und ihre Beine bis über die Knöchel ins Wasser reichten.

Das eiskalte Wasser umspülte ihre Beine, aber durch die Hitze erschien ihnen die Abkühlung mehr als angenehm. Jason fingerte nach ein paar Kieselsteinen, die neben ihrem Felsen lagen. Das Geräusch des aus etwa zehn Meter Höhe in einem schmalen Bett fallenden Wassers, das nun hinter ihnen lag, bildeten einen reizvollen Hintergrund zur stillen Natur.

Jason hatte seinen Hut abgenommen und fuhr mit der Hand durch den Haarschopf. Der Erfolg war, dass seine leichten Naturlocken vom Kopf abstanden und ihm ein verwegenes Aussehen gaben. Rosie konnte nicht anders, als ihn wortlos anzuschauen. Er faszinierte sie. Und sorgte dafür, dass die Schmetterlinge in ihrem Bauch sich einfach nicht mehr beruhigen wollten. Jasons Miene wurde ernst, als er sich ihr zuwandte. Er strich mit der Hand das schmale Organzaband ihrer *Kapp* entlang und wickelte es schließlich spielerisch um seinen Finger.

„Du … ich …" Er brach ab, weil ihm die Worte fehlten.
Rosie nutzte die Chance, mit einer Locke seines Haares zu spielen, schwieg aber, während sich die Aufregung in ihr breitmachte. Ihr Herz klopfte wie wild, als er das Band von seinen Händen löste und sie sanft an der Schulter berührte. Dann zog er sie zu sich heran und gab ihr einen leisen, zarten Kuss.

Das Gefühl, dass sich ihrer bemächtigte war unbeschreiblich. Sie gehörten zusammen! Da war sich Rosie ganz sicher. Einen wundervollen, langen Moment blieben ihre Lippen verbunden, dann löste sich Jason wieder von ihr. In seinem Gesicht stand zu lesen, dass auch er erleichtert darüber war, endlich diesen Schritt getan zu haben.

„Wir gehören zusammen, nicht wahr?", sprach er aus, was Rosie zuvor gedacht hatte. Sie nahm an, dass es auch seine Gedanken waren.

„Ja, ich denke, wir gehören zusammen."

Sie nickte freudestrahlend, während Jason sich ihr erneut näherte, sie sich küssten und schließlich Schulter an Schulter auf den See hinausblickten. Das Wasser lag wie ein Spiegel vor ihnen und die im Hintergrund aufragende Felswand bildete sich darin ab. Solch ein Anblick war selten, da normalerweise immer ein leichtes Lüftchen dafür sorgte, dass sich die Wasseroberfläche kräuselte. Heute schien es, als würde die Natur eine Pause machen. Lediglich das fallende Wasser hinter ihnen sorgten für ein beständiges Hintergrundgeräusch, ein paar Vögel zwitscherten ihre gute Laune heraus und hin und wieder raschelte es im Gebüsch.

„Ist das nicht einfach traumhaft?", flüsterte Rosie, ohne sich zu bewegen, fast als hätte sie Angst, den schlafenden See zu wecken. Sie hatte ihren Kopf auf Jasons Schulter gelegt und genoss seine Nähe.

„Es ist paradiesisch. Wie im Himmel", gab Jason ebenso flüsternd zurück.

Sie wollten die Schöpfung nicht stören bei dem, was sie auch immer gerade vorhatte.

„Vielleicht ist heute der siebte Tag. Der, an dem sich der Herr ausruht", fiel Rosie gerade, ein wenig übermütig geworden, aber immer noch flüsternd, ein.

„Lass das bloß nicht den Bischof hören. Der würde dir ein paar Sonderlektionen darin geben, was gotteslästerliches Reden ist." Jason wandte seinen Kopf, um ihr ins Gesicht zu schauen, sorgfältig darauf bedacht, dass sie auf seiner Schulter verweilen konnte.

„Du hast doch vom Himmel angefangen. Und vom Paradies. Und er Bischof hört es ja nicht."

Von nichts und niemandem wollte sie sich diesen traumhaften Tag zerstören lassen. Auch nicht vom Bischof und schon gar nicht von irgendwelchen spitzfindigen Überlegungen.

Jason gab sich damit zufrieden. Er legte einen Arm um ihre Schulter und setzte sich so, dass sie an seiner Brust ruhen konnte.

Einige magische Minuten lang waren sie Teil dieses Zaubers. Dann polterte auf der anderen Seite des Hügels der lange Überlandzug mit seinen schwerbeladenen Waggons vorbei und sorgte dafür, dass das Wasser sachte Wellen schlug. Auch die Vögel ließen sich vom fernen Gepolter stören und stoben mit wütenden Zwitschern in die Höhe.

Rosie löste sich widerwillig von Jason. Und auch er zog seinen Arm zurück.

„Erstaunlich, wie man den Zug hier spürt." Rosie drängte es, einen Stein ins Wasser zu werfen und sie sah sich nach einem passenden um.

„Mein Vater erklärte mir einmal, dass es sich dabei um Bodenschichten handelt, die sich durch die Landschaft ziehen. Und wenn der Zug über so eine Ader fährt, die bis hier her führt, dann spüren wir das selbst über einige Kilometer."

„Erstaunlich", wiederholte Rosie. „Aber jetzt sollten wir essen. Wäre schade um die guten Sandwiches, wenn sich die Ameisen darüber hermachen würden. Nicht, dass diese Ader diese Tierchen auch noch weckt."

Jason lachte und schaffte ein wenig Platz zwischen ihnen. Dann streckte er sich zum Picknickkorb, der hinter ihnen am Fuße ihres Sitzfelsens stand. Als er ihn zwischen Rosie und sich abgestellt hatte, wühlte Rosie nach den Leckereien.

Sie aßen wortlos, tranken ihre Limonade und als sich die Dämmerung über das versteckte Paradies senkte, wurde ihnen bewusst, dass sie bereits einige Stunden hier verbracht hatten. Rasch brachen sie auf, um nicht in die Dunkelheit zu kommen.

Als Rosie später in ihrem Zimmer die Nadeln aus ihrem Kleid löste und die *Kapp* absetzte und verträumt über den feinen Stoff und die Bänder strich, mit denen Jason gespielt hatte, hätte sie heulen können vor Glück.

Wir gehören zusammen!, hatten sie übereinstimmend gesagt. Da Freundschaften zwischen Mädchen und Jungen absolutem Stillschweigen unterlagen, wusste Rosie nicht, was ein junger Mann zu einem jungen Mädchen sagte, wenn er sich mit ihr verlobte oder deutlich machen wollte, dass er sie heiraten möchte. Aber sie war sicher, dass Jason genau das damit gemeint hatte. Außerdem hatten sie sich geküsst. Rosie konnte sich kaum etwas Intimeres vorstellen, als bei einem Date geküsst zu werden. Sie würden im Herbst heiraten. Dessen war sie gewiss. Und zuvor würde sie sich taufen lassen, die unabdingbare Voraussetzung für eine amische Ehe. Gerade fiel ihr ein, dass Jason auch noch nicht getauft war.

Ihr wurde heiß und eine Gänsehaut rieselte über ihren Rücken – vor Vorfreude und Glück. Vielleicht würden sie sogar gleichzeitig ihr Gelübde ablegen. Wäre es nicht so undamenhaft gewesen, hätte sie vor Glückseligkeit ein Tänzchen hingelegt, aber sie konnte sich zu dieser nachtschlafenden Zeit nicht derart austoben, abgesehen davon, dass amische Erwachsene nicht tanzten, jedenfalls nicht in ihrer Gemeinschaft. Sie hatte keine Ahnung davon, ob es in anderen Gemeinschaften erlaubt war. Sie lachte still in sich hinein. Es wurde Zeit, dass sie sich auch wie eine Erwachsene benahm, wenn sie bald Ehefrau und wenig später sicherlich auch Mutter sein würde.

Erstaunlicherweise schlief sie trotz ihrer aufgekratzten Stimmung sofort ein, als ihr Kopf die weichen Kissen berührte.

Kapitel 9

Rosie hatte nicht an Frans Beerdigung teilgenommen. Stattdessen hatte sie im Stolzfus-Haus geholfen, die vielen Gäste zu bewirten. An diesem Tag war Wendy die einzige im Laden gewesen und hatte alle Hände voll zu tun gehabt, weil ausgerechnet an diesem Tag zwei Touristenbusse ihren Inhalt in House-at-the-Water entleert hatten.

Nun, eine Woche später ging wieder alles seinen Gang. Niemand in der Familie hatte daran gedacht, dass Fran Dad nicht mehr helfen konnte. Sie alle überfiel es siedend heiß, als John an einem besonders heißen Nachmittag im Juli plötzlich umkippte. Er war die Verandastufen hinuntergestürzt, was zwei Touristenpärchen gesehen hatten, die gerade einige von Elli Glicks im Gartenstück neben ihrem Laden ausgestellte Quilts bewundert hatten. Wie es sich fügte, war eine der jungen Frauen Medizinstudentin, die recht schnell auf die richtige Spur kam. Ohne John zu kennen, dirigierte sie Mom, die erschrocken herbeigeeilt kam, zurück in die Küche, um Orangensaft oder eine andere süße Limonade zu holen. Und tatsächlich kam John relativ schnell wieder auf die Beine, allerdings fühlte er sich nach wie vor schwindelig und erschöpft.
Nachdem sich die erste Aufregung gelegt hatte, sprach die junge Frau mit John und Elizabeth. Rosie hatte unbedingt dabei sein wollen, doch die übrigen Gäste dieser Busladung, mit der auch Johns Retterin angekommen war, verlangten nach Kaffee und Kuchen und sie und Rosetta hatten alle Hände voll zu tun.

Durch das rückwärtige Fenster der Backstube sah sie lediglich, dass die junge Dame eindringlich auf Mom und Dad einsprach, die jedoch reichlich abweisende Mienen aufgesetzt hatten. Rosie seufzte, musste aber rasch wieder in den Laden, um ihre Großmutter zu entlasten. Ausgerechnet war es einer der Tage, an denen sie keine Hilfe hatten.

„Sie müssen sofort zu einem Arzt! Es war reines Glück, dass nicht noch mehr passiert ist. Obwohl ich nicht ganz sicher bin, ob Sie sich durch den Sturz nicht auch noch eine Kopfverletzung zugezogen haben. Immerhin sind sie die drei Stufen der Veranda heruntergefallen." Die blonde Frau versuchte zu verdeutlichen, dass John durchaus in gewisser Gefahr schwebte.

Er und Elizabeth saßen auf der obersten Verandastufe, John immer noch mit dem Glas Orangensaft in der Hand, der ihn gerade eben wieder einigermaßen auf die Beine geholfen hatte.

„Aber wenn mir Orangensaft hilft, ist doch alles in Ordnung. Wir Amisch gehen nicht bei jedem nichtigen Anlass zum Doktor", erzürnte sich John gerade. „Was nicht bedeutet, dass ich Ihnen nicht sehr dankbar wäre, dass Sie mir geholfen haben", setzte er etwas milder hinterher.

„Beantworten Sie mir eine Frage: Fühlen Sie sich nicht häufig schwindelig und zittrig? Und müssen Sie sich dann hinsetzen? Oder hinlegen, damit Sie nicht umkippen? Und haben Sie nicht ständig Durst?"

Die Beinahe-Ärztin sah auf einem Blick, dass sie ins Schwarze getroffen hatte. Elizabeth schaute bereits bei ihren ersten Worten zu John hinüber, der den Kopf senkte.

Er wollte nicht lügen, warum auch. Also antwortete er: „Sie haben recht. Aber Orangensaft hilft. Also ist das alles kein Problem."

Starrköpfig wollte er sich erheben, schwankte jedoch und setzte sich schnell wieder hin.

Die junge Frau schmunzelte. „Sehen Sie. Orangensaft beseitigt nur die schlimmsten Symptome. Ich kann keine Diagnose stellen, aber ich rate Ihnen dringend, jetzt sofort einen Arzt aufzusuchen. Es war ein schwerer Anfall, den Sie gerade hatten. Aber eines Tages fallen Sie ins Koma und wachen nie wieder auf."

„Was hat er denn?", mischte sich nun Elizabeth ein, die bisher noch gar nichts gesagt hatte.

„Wie gesagt, ich darf keine Diagnose stellen, aber es ist ernster Natur. Ich hole einen Krankenwagen." Sie fingerte ihr Handy aus der Tasche, die sie achtlos beiseite geworfen hatte.

„Lassen Sie das! Ich werde mich doch nicht in eine Ambulanz legen. Wenn Sie meine Frau schon so ängstigen, dann werde ich eben zum Arzt fahren", brummte John.

Wieder schmunzelte die junge Frau.

„Tun Sie es aber auch wirklich. Ich werde einen Kaffee in der Bäckerei da nebenan trinken. Die wurde mir als Geheimtipp empfohlen. Und bevor wir später wieder aufbrechen, vergewissere ich mich, dass Sie auch wirklich gefahren sind."

Sie ging weg und John sah ihr nach.

„Was bildet die sich eigentlich ein?"

Tatsächlich war John weniger ärgerlich, als es den Anschein hatte, da er sich wirklich elend fühlte und kaum auf die Beine kam. Er würde ihrem Rat folgen und bat Elizabeth darum, den Einspänner vorzubereiten.

Wenig später stand Lime, ihr Kutschpferd, angeschirrt vor dem Einspänner bereit. Elizabeth hatte rasch im Laden Bescheid gesagt und setzte sich nun auf den Kutschbock. John zog sich – entgegen seiner sonstigen Gepflogenheiten

– in das geschlossene Abteil im hinteren Bereich der Kutsche zurück und überließ seiner Frau die Zügel. Es würde einige Zeit dauern, bis sie beim Arzt ankamen, daher wollte er nicht riskieren, dass er am Ende noch vom Kutschbock fiel.

Rosie war in heller Aufregung. So viele Kunden befanden sich im Laden, die allesamt ihr Recht forderten. Ihre Großmutter und sie hatten alle Hände voll zu tun und genaugenommen war keine Zeit, um die Gedanken abschweifen zu lassen. Zu allem Überfluss wurden nacheinander zwei Gasflaschen leer und das Wechseln würde wieder einige Zeit in Anspruch nehmen, Zeit, die sie heute einfach nicht hatten. Blöderweise war es der Antrieb für den Kaffeeautomaten, was bedeutete, dass es eilte. In den Kannen befand sich nur noch ein kleiner Rest und die Maschine hatte mitten im Brühvorgang den Geist aufgegeben.
Das Mädchen krempelte die Ärmel hoch, holte eine neue Flasche aus dem eigens dafür gebauten Bereich neben der Scheune und schloss die Maschine wieder an. Gluckernd machte die sich wieder an die Arbeit und Rosie atmete auf. Sie triefte vor Hitze und Anstrengung und bat ihre Großmutter, sich kurz frischmachen zu dürfen. Die nickte, ebenfalls emsig bei der Arbeit und sparte sich den Hinweis darauf, dass ihre Enkelin schnell machen solle. Also biss sie die Zähne zusammen und eilte sich, all die Kuchen- und Torten- und Kaffeewünsche zu erfüllen, die die Menschen, die in der Schlange vor der Theke standen, an sie herantrugen.
Rosie ging in den Waschraum des *Großdaddyhauses*. Er maß nicht einmal zwei Quadratmeter und bestand lediglich aus einer einfachen Wasserpumpe und einem tiefen Ausgussbecken aus Emaille. Sie nahm ihre *Kapp* ab und öffnete ihr

langes Haar. Mit der Bürste, die sie für solche Anlässe neben dem Waschbecken bereitliegen hatte, bürstete sie ihre dicken, dunklen Locken, prüfte mit den Fingern, ob der Mittelscheitel auch die richtige Lage hatte und steckte sie wieder auf. Dann bedeckte sie den hinteren Teil des Kopfes wieder mit ihrer *Kapp*. Seit sie ein kleines Mädchen war, kämmte sie ihre Haare auf diese Weise, so dass sie die Handgriffe wie im Schlaf beherrschte. Zwar war es ihnen nicht verboten, einen Spiegel zu benutzen, aber normalerweise benötigte sie keinen für ihre tägliche Haut- und Haarpflege. Eigentlich war sie erst eitel geworden, als Jason auf der Bildfläche erschien. Sie schmunzelte. Eitelkeit war eine Sünde, genauso wie Stolz, aber manchmal kamen die kleinen Sünden einfach wie von selbst. Sie konnte einfach nichts dagegen machen.

Rasch wusch sie noch ihr Gesicht und ihre Hände und Arme, dann ging sie wieder nach vorne in den Laden, wo ihre Großmutter zwar nichts sagte, Rosie aber sehr wohl wusste, dass sie froh war, nun nicht mehr alleine hinter der Theke zu stehen.

„Ach, sagen Sie – wissen Sie, ob der Herr, der im Haus hinter ihrer Bäckerei wohnt, nun einen Arzt aufgesucht hat?" Die junge Dame, die Rosie als die selbe erkannte, die vor etwa zwei Stunden ihrem Vater geholfen hatte, stand vor ihr.

„Ja, meine Mutter hat ihn mit dem Einspänner hingebracht. Sie sind allerdings noch nicht wieder zurück. Dazu ist der Weg zu weit. – Und vielen Dank für Ihre Hilfe."

Rosie lächelte der jungen Frau zu. Einen Dank auszusprechen war innerhalb der amischen Gemeinschaft eigentlich nicht nötig, da jeder jedem half und sich irgendwann alles einmal ausglich. Falls nicht, tat man es eben für Gottes

Lohn. Es spielte keine Rolle und es gab nichts aufzurechnen. Aber in der Welt draußen war es durchaus nicht üblich, seine Hilfe anzubieten oder etwas für andere zu tun, ohne eine Entlohnung dafür zu erhalten. Manche Menschen reagierten oftmals sogar mit Verwunderung, wenn man ihnen beisprang und überschlugen sich vor Dankesbezeugungen. Daran dachte Rosie, als sie mit der hübschen Blondine sprach.

„Es ist selbstverständlich. Wichtig ist nur, dass sich Ihr Vater in Behandlung begibt."

„Was fehlt ihm denn?" Die Sorgen, die Rosie zuvor noch empfunden hatte, hatte das Tagesgeschäft vorübergehend verdrängt. Nun kamen sie mit aller Gewalt zurück und sorgten dafür, dass Rosies Magen zu rebellieren begann. Vielleicht lag es auch daran, dass sie heute keine Gelegenheit hatten, ihren Lunch einzunehmen.

„Ich darf Ihnen das nicht sagen, aber wenn es ist, was ich vermute, so kann er sehr gut damit leben. Er muss es wissen und sich entsprechend benehmen."

Rosie drängte nicht weiter. Wenn die Frau sagte, dass sie es nicht sagen dürfe, hatte sie sicher einen guten Grund dafür. So würde sie eben warten müssen, bis ihre Eltern wieder zurückkamen. Immerhin war es inzwischen ruhiger geworden im Café, so dass es kein Problem war, sich ein wenig zu unterhalten.

„Darf ich Sie denn auf einen Kaffee und ein Stück Torte einladen?", bot Rosie mit einem Seitenblick auf ihre Großmutter an, die das kurze Gespräch mitbekommen hatte, und nun nickte.

„Setz dich ruhig dazu, Kind", sagte Rosetta.

„Ja, gerne. Ein wenig Zeit habe ich noch, bevor der Bus wieder losfährt. Mein Mann wollte sich noch in dieser Kutschenfabrik umschauen. Er liebt Holz, wissen Sie."

Rosie packte zwei Stücke ihrer besten Torte – Haselnuss-Pistaziencreme – auf zwei Teller und schenkte zwei Tassen Kaffee ein. Mit einem Tablett trug sie alles in den hinteren Raum, wo in einer Ecke ein Zweiertisch unbesetzt auf sie wartete.

„Vielen Dank für Kaffee und Kuchen. Es ist sehr schön hier bei Ihnen. Haben Sie hier wirklich keinen Strom im Lokal? Unser Reiseleiter hat es uns erzählt, als wir herfuhren. – Ach übrigens, ich bin Patricia." Sie streckte Rosie die Hand hin.

Rosie schlug ein. „Rosie - freut mich sehr. Und ja, kein Strom. Wir beleuchten, wenn es nötig ist, mit diesen Lampen hier auf den Tischen und an der Wand. Und die Geräte, die normalerweise mit Strom funktionieren, hat ein Bekannter, der sich darauf versteht, auf Gas umgestellt."

„Ach, Gas dürfen Sie?"

„Genaugenommen dürften wir auch Strom haben hier im Laden. Aber wir wollten nicht. Ist doch so viel gemütlicher. Auch wenn die Gasflaschen immer dann leer werden, wenn es gerade gar nicht passt. Wir backen mit Gas- und Holzöfen hinten in der Backstube. Sehen Sie, wir sind es nicht anders gewöhnt."

„Ich könnte mir kein Leben ohne Strom vorstellen." Patricia hatte ihr Handy neben sich gelegt und beobachtete nun nebenbei das Display.

„Ja, wie man sieht!", lachte Rosie und deutete auf das kleine Gerät.

„Oh, war mir gar nicht aufgefallen."

„Ich hatte einige Monate für eine englische Familie nicht weit von hier gearbeitet. Saubergemacht und manchmal auch gekocht. Die hatten alle Geräte, die man sich nur vorstellen kann. Aber ganz ehrlich: Wenn ich mir vorstelle, jeden Tag stundenlang in diesen Fernseher hinein zu starren oder ewig lange Telefongespräche zu führen – das verkürzt doch das Leben. Ich meine, all diese Dinge sind doch nur Zeitfresser." Rosie hatte ihre eigene Ansicht über die ach so hochgelobte Elektrizität.

„So gesehen haben Sie schon recht. Aber es ist auch ein Segen. Im Krankenhaus zum Beispiel oder auch im Verkehr mit den Ampeln und so."

„Ja, das ist auch so eine Sache. Die Autos, meine ich."

Rosie schlürfte mit Genuss ihren Kaffee und aß die leckere Torte mit Wonne.

„Wenn ich mir überlege, dass auch hier manchmal Autos gebraucht werden, die zum Beispiel Unfallopfer schnell ins Krankenhaus bringen…" Patricia sah Rosie interessiert an.

„Gut, da sind wir auch froh, dass es Autos gibt. Aber unsere Lebenseinstellung sagt uns, dass unser Schicksal ohnehin vom Herrn abhängig ist. Ob es nun schnell ins Krankenhaus geht oder nicht. Und das Leben ist mit all der Arbeit und Mühsal nur ein Zwischenaufenthalt."

Rosie brach ab. Warum erzählte sie das dieser Fremden? Zugegebenermaßen hat sie ihrem Vater einen großen Dienst erwiesen, aber über ihren Glauben sprach sie ansonsten nicht so gern. Vielleicht lag es daran, dass sie vor Hunger schon in einem Zustand der Unterzuckerung befand, wie ihr unverhofft durch den Kopf schoss.

Unvermittelt ließ sie die Gabel fallen. „Mein Vater könnte zuckerkrank sein?", fragte sie ganz direkt.

Patricia zuckte mit den Schultern. „Ich darf keine Diagnose stellen. Aber der Orangensaft hat so rasch geholfen, dass es gut sein kann. Allerdings gibt es viele Möglichkeiten, warum Ihr Vater derartige Probleme hat. Soweit ich verstanden habe, war es ja nicht das erste Mal. Warten Sie doch ab, was der Arzt sagt."

Rosie nickte und widmete sich wieder ihrer Torte. Wenn es Diabetes war, war dies sicherlich schwierig zu händeln, zumal sich ihr Vater nicht allzu viel sagen ließ, aber für das Kochen waren immer noch die Frauen zuständig. Sie hoffte, dass ihr Vater sich in dieser Hinsicht fügen würde und die Sache entsprechend ernst nahm. Andererseits kannte sie einige Leute, die Diabetes hatten. Gerade in ihrer Umgebung kam diese Erkrankung relativ häufig vor, so dass manche Ärzte mutmaßten, erbliche Voraussetzungen könnten dafür verantwortlich sein.

Rosies tiefer Seufzer brachte Patricia zum Schmunzeln.

„Ihr Vater wird gut damit leben können. Er muss sich nur umstellen. Und sich auch etwas sagen lassen."

„Das ist für manche amischen Männer nicht so einfach. Sie sind es gewohnt, dass sie die Hausherren sind." Rosie seufzte noch einmal.

„Da sind die amischen Männer nicht die einzigen, glauben Sie mir, Rosie."

Nun lachten beide und für Rosie war es eine Befreiung. Sie hoffte inständig, dass es sich wirklich um Diabetes handelte, mit der man gut leben konnte, und nicht um eine der vielen schlimmen Krankheiten, von denen die Amisch zuweilen auch heimgesucht wurden.

„Vater wollte eigentlich zu einer unserer Heilerinnen gehen. Aber die starb, bevor er dazu kam", erzählte Rosie nach einer kurzen Pause.

„Heilerin?" Patricia ließ die Gabel mit dem Stück Kuchen sinken, das sie eigentlich gerade verspeisen wollte. „Ich habe mal davon gehört, dass die Amisch nicht so gerne zu weltlichen Ärzten gehen. Aber eine Heilerin?"

„Das funktioniert schon ganz gut, jedenfalls bei einfachen Erkrankungen, wie eine Erkältung oder harmlosen Wunden. Die älteren Leute sehen die weltlichen Ärzte mit Argwohn und vermeiden einen Besuch, wo es geht. Das kann schon auch einmal ins Auge gehen, sozusagen. Aber die Jüngeren verstehen schon, dass bei gewissen Dingen nur die weltliche Medizin helfen kann."

„Wieso gibt es eigentlich keine Ärzte in den amischen Gemeinschaften? Ihr seid doch so viele Leute hier."

Rosie überlegte, wie viel sie der Fremden erzählen sollte. Aber dann sagte sie sich zum wiederholten Male, dass es sich schließlich um jemanden handelte, der ihren Vater geholfen hat.

„Unsere Schulbildung reicht nicht aus, um zu studieren. Wir gehen acht Jahre in die Schule und lernen alles, was wir zum täglichen Leben brauchen. Ein Studium gehört nicht dazu. Es macht keinen Sinn für uns. Wir wollen dem Herrn durch Arbeit und mit unserem Glauben dienen. Der Tod erschreckt uns nicht. Jedenfalls nicht so, wie andere Leute."

Patricia wedelte mit ihrer Gabel in der Luft herum, weil sie den Mund noch voller Nuss-Pistazientorte hatte. Nach einer Weile wollte sie mit großen Augen wissen: „Wenn jemand stirbt, dann ist das nicht schlimm für euch?"

„Ach natürlich. Der Platz desjenigen ist auch in unseren Häusern leer, genauso wie in jeder anderen Familie. Aber wir wissen, dass er bei Gott ist. Das Leben hier…," Rosie machte eine großräumige Handbewegung, als wolle sie den Laden umarmen. „… es ist nur ein mühseliges Zwischenspiel."

„Und wieso soll es schaden, in diesen Jahren, die ihr als Zwischenspiel bezeichnet, zu studieren? Oder zum Arzt zu gehen? Oder ein Auto zu fahren? Oder Elektrizität zu haben?" Patricia schüttelte den Kopf. Ein wenig missbilligend, wie Rosie schien.

„Wir leben so wie unsere Vorfahren vor gut 200 Jahren. Damals gab es keine umfassende Schulbildung, die Menschen vertrauten anderen Menschen, die sich auf die Heilkunst verstanden, weil Ärzte zu teuer waren, Auto gab es nicht und Strom auch nicht. Abgesehen davon fühle ich mich nicht unbedingt ungebildet."

Rosie zuckte mit den Schultern und machte sich daran, auch den Rest der Torte zu vertilgen.

„Ach, das habe ich doch gar nicht gesagt", wehrte sich Patricia.

„Siehst du, wir wollen nur so leben, wie es unser Glaube uns sagt. Andererseits müssen auch wir unser Auskommen haben. Deshalb haben wir uns hier in House at-the-Water entschlossen, mit den Touristen zu leben. Da kommen immer wieder solche Fragen. Und manche unserer Besucher sind wirklich aufdringlich."

Rosie war zu einem vertrauteren Ton übergegangen. Patricia gefiel ihr. Sie interessierte sich wirklich für die Dinge. Andere wollten oft nur ihre Vorurteile bestätigt wissen.

„Ich hatte mich schon gefragt, warum ihr euch das antut", bemerkte Patricia trocken.

Rosie lachte laut auf.

„So schlimm ist es auch wieder nicht. Eigentlich stehe ich gerne hinter der Ladentheke und unterhalte mich mit den Leuten."

„Ihr seid sehr offen hier."

„Auch nur bis zu einem gewissen Punkt. Und die Touristen wollen sich nun einmal gerne unterhalten, damit sie das Gefühl haben, sie könnten uns wirklich kennenlernen."

Patricia lachte nun auch. „Ich vermute, dass ihr sie gerne in dem Glauben lasst."

„Klar. Ich mache mir keine Gedanken darüber. Ich mag Menschen, aber ehrlich: Es ist mir egal, wo sie herkommen oder wie ihr Leben aussieht. Sie fragen uns immer viele Sachen. Wir fragen nie etwas. Warum auch?"

Patricia schaute auf ihre Armbanduhr. „Schade, aber ich muss gehen. Ich wünsche deinem Vater alles Gute. Und ich hoffe, dass es wirklich nur … nun, die Sache ist, die ich nicht diagnostizieren darf."

Sie stand auf und holte ihre Geldbörse aus ihrer schicken, türkisfarbenen Tasche.

„Danke. Ich werde es ihm ausrichten. Und bin schon selber sehr ungeduldig. Und ich habe dich eingeladen. Schon vergessen?"

„Vielen Dank. Die Torte war echt lecker."

Rosie erhob sich mit ihr und stellte das Geschirr zusammen.

„Vielleicht kommst du irgendwann mal wieder."

Patricia nickte und verschwand durch die Ladentür. Während ihres Gespräches hatte sich der Laden geleert und Rosetta war schon dabei, die Ladentheke zu reinigen. Sie deutete Rosie an, den Laden nach Patricia zuzuschließen.

Sie brauchten noch eine Weile, bis alles für den nächsten Tag soweit wie möglich vorbereitet war, dann gingen sie hinüber in die große Stube, die dunkel und einsam dalag. Ihre Eltern waren noch nicht wieder zurückgekehrt und ihnen blieb nichts weiter übrig, als abzuwarten.

Inzwischen war die Dämmerung von der Dunkelheit besiegt worden. Rosetta fachte den Docht einer Öllampe an und stellte sie mitten auf den großen Familientisch. Das flackernde Licht ließ die Schatten in den Ecken tanzen und spiegelte die gespannte, beinahe unheimliche Stimmung der beiden Frauen wider.

Ihre Geduld und ihre Sorge wurden auf eine harte Probe gestellt. Erst kurz vor Mitternacht hörten sie das vertraute Klapp-Klapp von Limes Hufen. Rosie ging hinaus, um ihren Eltern beim Abschirren zu helfen, stellte dann aber erschrocken fest, dass ihre Mutter allein zurückgekommen war.

„Wo ist Dad?" Rosie atmete tief durch, um nicht in Panik zu verfallen.

Ihre Mutter und sie standen sich beim Abschirren gegenüber und konnten in der Neumondnacht lediglich die Umrisse ihrer Gesichter erahnen. Hier gab es keine Straßenbeleuchtung, keinen Lichtschimmer aus den Fenstern, lediglich das Sternenlicht erweckte den Anschein, die undurchdringliche Dunkelheit durchbrechen zu können. Und die Kutschlaternen, die den schwarzen Einspänner rund herum im nächtlichen Straßenverkehr einigermaßen sicherten. Leider war dies oft genug ein Trugschluss, da manche Autofahrer einfach zu schnell unterwegs waren und die kaum ausreichende Beleuchtung und damit die langsam fahrende Kutsche zu spät erkannten. Häufig gab es Unfälle, bei denen Menschen starben.

„Doktor Powell hat ihn dazu überredet, doch einige Nächte im Krankenhaus zu verbringen", erklärte ihre Mutter gerade mit müder Stimme.

Dr. Powell hatte seine Praxis in Bird-in-Hand und versorgte praktisch alle Menschen im näheren Umkreis. Das Gebiet war zwar nicht allzu dicht besiedelt mit kleinen Dörfern und vor allem einzelnstehenden Höfen, aber die Familien waren groß. Nicht nur die Familien der Amisch, auch die der Mennoniten und sogar die der *Englischen*. Und so hatte Dr. Powell gut zu tun. So gut, dass er eine junge Ärztin, die gerade eine Familie gegründet hatte und in der Nähe lebte, halbtags in seiner Praxis beschäftigte. „Sie wollen weitergehende Untersuchungen machen, denn die Beschwerden, die er hat, können auf vieles hindeuten." Sie hatten Lime in den Stall gebracht und betraten nun das Haus durch den Vordereingang, was an sich unüblich war. Die Familien benutzten untereinander den Hintereingang, nur unverhoffte Gäste klopften an die Vordertür. Hier im Dorf, wo einige der Häuser sehr nah aneinandergebaut waren und der Weg über den Hintereingang der längere war, waren die Haupteingänge gleichermaßen frequentiert.

„Und was meint Dr. Powell?" Rosetta, die in der Tür stand und auf die beiden gewartet hatte, hörte Rosies letzte Frage noch.

„Diabetes ist ziemlich sicher. Aber einerseits wollen sie schauen, ob er nicht eine Kopfverletzung durch den Sturz davongetragen hat, andererseits wollen sie sichergehen, dass nicht eine andere Krankheit dahintersteckt."

„Welche Krankheit?" Rosie konnte nicht umhin, ihrer Mutter Löcher in den Bauch zu fragen, obwohl sie wusste, dass diese todmüde und ausgelaugt von den Aufregungen des Tages sein musste.

„Hör zu, Rosie. Ich weiß es selbst nicht. Der Arzt meinte, es wäre nur Routine und, ehrlich gesagt, er war froh, dass einer von uns mal so rechtzeitig kam, um einen Checkup, wie er es nannte, zu machen. Mal abgesehen von der Diabetes, die John wohl schon länger hatte."

Sie schlürfte den heißen Kamillentee, den Rosetta ihr in die Hand gedrückt hatte und weigerte sich, sich auf Geheiß ihrer Schwiegermutter hinzusetzen.

„Nein, Mutter. Ich nehme den Tee mit hinauf. Ich glaube, ich schlafe im Stehen ein. Dr. Powell meinte, ich könne morgen im Krankenhaus in Coatesville vorbeischauen. Ich werde beizeiten einen mennonitischen Fahrer bestellen. Jetzt muss ich ins Bett."

Sie wartete nicht erst auf eine Entgegnung, sondern hatte während ihrer Erklärung schon auf die Treppe zugehalten, die nach oben führte.

„Gute Nacht, Mom."

„Ja, gute Nacht, Elizabeth. – Wäre auch eine gute Idee, endlich ins Bett zu gehen. Wir haben nur ein paar Stunden Schlaf vor uns." Rosetta löschte die Lampe und sie tappten im Finstern zu den Schlafzimmern, Rosetta in ihr Austragshaus und Rosie in den Raum, der neben dem ihrer Eltern lag.

Kapitel 10

Das Frühstück wurde schweigend eingenommen. Sonst planten sie an dieser Stelle für den Tag, doch heute hing jeder seinen Gedanken nach.

Mom und Rosie waren gerade aufgestanden, Rosetta hatte schon zwei Stunden Arbeit hinter sich. Sie sah so erschöpft aus, wie es Rosie noch nie zuvor an ihr gesehen hatte.

„Grandma, du solltest heute nicht mehr weitermachen. Wie wäre es, wenn du mal einen Tag frei nimmst?"

Rosies Worte hallten in der stillen Atmosphäre befremdlich laut in den Ohren der anderen. Sowohl Elizabeth als auch Rosetta machten den Anschein, als hätte Rosie sie gerade geweckt.

„Kommt ja gar nicht in Frage!", antwortete Rosetta, nachdem sie noch einmal einen Schluck aus ihrem Kaffeebecher genommen hatte. „Außerdem haben einige Nachbarinnen Zettelchen in den Briefschlitz an der Ladentür geworfen, dass sie später Kuchen vorbeibringen würden. Dann haben wir nicht so viel zu tun."

Rosie atmete tief durch. Sie war den Nachbarn zutiefst dankbar, aber es war einfach so üblich hier, sich gegenseitig zu helfen.

„Es ist nett von den Nachbarinnen", sagte sie laut. „Dabei fällt mir ein, dass wir auch die Abrechnung mit unseren Lieferantinnen machen müssen."

„Ich gehe in den Garten und erledige das Nötigste, dann komme ich zu euch und mache die Abrechnung", bot Elizabeth an. „Ich will nicht, dass die Leute auf ihr Geld warten müssen. Auch wenn sie sicher kein Problem damit hätten. Vorher bereite ich noch die Lunchschnitten zu."

Elizabeth hatte noch nicht fertiggesprochen, als Jasons Gesicht vor dem Fenster neben dem Vordereingang auftauchte. Auch er machte sich nicht die Mühe, hintenherum zu gehen, sondern klopfte an die Verandatür.

Rosie öffnete ihm vollkommen überrascht.

„Guten Morgen, Rosie!" Er sah sie so liebevoll an, dass sie der große Wunsch überkam, ihn sofort zu küssen. Jason grinste und dachte offensichtlich das Gleiche. Doch er reckte den Kopf an ihr vorbei.

„Guten Morgen, Mrs. Byler und Großmutter Byler."

„Guten Morgen, Jason. Was können wir für dich tun zu so früher Stunde?", fragte Elizabeth freundlich.

Sie mochte den jungen Burschen und hatte auch nichts dagegen, dass er ganz offensichtlich ihrer Tochter den Hof machte – auch, wenn John durchaus ein Problem damit hatte.

Die einzige Uhr hing an der breiten Balkensäule, die die weite Decke abstützte und den Wohn- vom Küchenbereich optisch trennte. Sie zeigte halb Sechs an.

„Ich dachte, ich könnte Ihnen im Garten zur Hand gehen, jetzt wo zwei Paar Hände fehlen. Dann komme ich immer noch rechtzeitig in die Arbeit."

„Jason, ich nehme dein Angebot gerne an. Möchtest du vorher eine Tasse Kaffee oder eine Limonade? Ich habe sie gerade angesetzt."

Elizabeth erhob sich und holte einen weiteren Kaffeebecher, ohne seine Antwort abzuwarten. Er setzte sich denn auch bereitwillig zu den Frauen an den Tisch.

„Eigentlich sollte ich erst etwas tun, damit ich mir den Kaffee auch verdiene." Es klang ernst und war sicher nicht spaßig gemeint.

„Es ist schon genug, dass du da bist."

Rosie klopfte ihm mit ihrer Hand auf seinen Arm und nun entspannte sich seine Miene und er lächelte ihr zu. Sie lächelte versonnen zurück. Immerhin begann der Tag angenehm. Jetzt mussten nur noch gute Nachrichten von ihrem Vater eintreffen.

Nachdem sie ihr Frühstück beendet hatten, ging Mom mit Jason in den Garten und Rosie und Rosetta in die Backstube. Rosie hatte den Laden aufgeschlossen, damit die Kuchen angeliefert werden konnten, die bestellten und diejenigen, die unverhofft eintrafen.

Alles in allem verlief der Vormittag ganz gut, wenn man einmal davon absah, dass alle ungeduldig auf Nachricht von Dad warteten.

Das Anstrengendste heute war allerdings, dass die meisten Bewohner des Dorfes vorbeischauten und nach John fragten, und alle mussten vertröstet werden. Jeder bot seine Hilfe an und Rosetta nahm auch für morgen gerne wieder die Kuchen der Nachbarinnen an, die heute so fleißig ihre Versprechen wahrgemacht hatten.

„Hört mal, ich komme gerne rüber und helfe aus, wenn ihr ins Krankenhaus fahren wollt. Ich helfe manchmal auch drüben im Restaurant aus. Das klappt schon."

Linda Stolzfus, die vor wenigen Wochen anlässlich von Frans Ableben noch die zuvorkommende Hilfe ihrer Nachbarn angenommen hatte, war froh, nun selber etwas anbieten zu können.

„Vielen Dank, Linda. Wir kommen gerne darauf zurück. Aber erst einmal müssen wir überhaupt etwas hören. Die Schwester wollte bei euch anrufen, wenn es etwas zu berichten gäbe."

„Ja, Mrs. Finch sagte es. Sie wird sofort kommen, wenn der Anruf kommt. Da könnt ihr euch darauf verlassen."

Linda lächelte aufmunternd und verließ den Laden wieder.

Allerdings stellte das Krankenhaus die Bylers auf eine harte Probe. Erst gegen Abend betrat Mrs. Finch in ihrem leichten, aber hochgeschlossenen Sommerkostüm und den streng nach hinten gekämmten Haaren, den Laden.

Rosie bediente gerade einen Touristen und hielt erschrocken in ihrer Bewegung inne.

„Eine Schwester hat gerade angerufen. Ich soll euch ausrichten, dass der Arzt jetzt Ergebnisse hat und alles mit John und der Familie besprechen möchte. Ich habe Linda schon Bescheid gesagt. Sie kommt gleich herüber. Und ich nehme euch mit nach Coatesville."

„Das ist wirklich nett von Ihnen, Mrs. Finch. Wir können sofort mitkommen, wenn Linda da ist."

Kaum hatte Rosie ausgesprochen, betrat Linda auch schon den Laden, der gerade nicht besonders voll war. Sie würde es schon schaffen, auch alleine. Dessen war Rosie sich sicher. Schon zuvor, als es einmal ruhiger zuging, hatte sie eine Liste mit den Preisen gemacht und zeigte sie nun Linda. Rosetta hatte inzwischen Elizabeth geholt, die über den Abrechnungsbüchern saß, und alsbald saßen sie in Mrs. Finchs kleinem Wagen.

Dr. Summer saß zusammen mit Schwester Farnthworth im Ärztezimmer und sie brüteten gemeinsam über den Akten. Der alte Arzt war erfahren und zog gerne die Schwestern hinzu, wenn es um die Behandlung von amischen Patienten ging. Die Schwestern waren anwesend, wenn Besuch kam und taten sich leichter damit einzuschätzen, wie der Kranke und seine Familie mit dem Befund umgehen würden.

„Denken Sie, dass Mr. Byler mit der Situation zurechtkommen wird?"

Dr. Summer schob sich eine Schokopraline in den Mund, weil er seit dem Frühstück nichts mehr gegessen hatte und sein Magen unangenehm knurrte.

„Soweit ich das beurteilen kann, wird er sich in sein Schicksal fügen. So sehr, dass es schon wieder anstrengend wird, eine adäquate Therapie zu beginnen."

Die Schwester saß auf der Stuhlkante dem Arzt gegenüber und hatte ihren Kopf in ihre Hände gestützt. Sie war froh, ihren Nacken ein wenig entspannen zu können.

„Sie meinen eine fatalistische Einstellung?"

„Na ja, kommt auf die Sichtweise an. Sie haben eine andere Einstellung zum Tod, wobei davon ja nicht die Rede sein kann, aber die Amisch fügen sich so sehr in ihr Schicksal, dass es schwierig sein wird. Und Mr. Byler macht mir den Eindruck, als wäre er ein klein wenig stur."

„Sie gehen einfach nicht gerne zu uns Ärzten, nicht wahr?"

„Könnte man so sehen. Soweit ich herausgefunden habe, ist seine Familie nicht allzu groß, was selten ist in ihren Gemeinschaften."

Schwester Farnthworth seufzte vernehmlich und Dr. Summer schmunzelte.

„Schwerer Tag, was?"

„Nicht schwerer als andere. Aber glauben Sie mir, es ist mir tausend Mal lieber, in so einem Krankenhaus wie hier zu arbeiten, in dem die Menschen noch wie Menschen behandelt werden dürfen und nicht wie Nummern auf der Patientenkarte. In Chicago hat mich niemand gefragt, wie der Patient und seine Familie eine Nachricht wie diese aufnehmen würde. Da nehme ich ein wenig mehr Arbeit gerne in Kauf."

„Da sagen sie was! Geht mir genauso. Deshalb bin ich aus New York weggegangen und hierhergekommen. Konnte keiner verstehen."

Der Arzt lehnte sich in seinem Sessel zurück und schob sich noch eine Praline in den Mund.

„Sicher, dass sie keine wollen?"

„Sicher!" Sie lächelte. „Aber lassen Sie es sich ruhig schmecken."

„Danke, das werd' ich. – Wann, denken Sie, wird die Familie eintreffen?"

„Bald. Diese Mrs. Finch, die am Telefon war, sagte, sie selber würde sie fahren. Und allzu weit weg wohnen sie ja nicht."

Wie auf ein Stichwort klopfte es an der Tür und eine schmale, schüchterne Lernschwester lugte herein. „Die Familie von Mr. Byler ist in seinem Zimmer." Und als ob sie sich rechtfertigen müsste, fügte sie hinzu: „Die Oberschwester meinte, ich solle Bescheid sagen."

„Schon recht, Schwester Barbara. Vielen Dank." Schwester Farnthworth nickte ihr zu und die Kleine verschwand, ganz offensichtlich erleichtert.

„Ein wenig schüchtern, die Gute. Sind Sie so böse zu ihr?"

„Muss ich nicht. Sie ist gut. Und sehr exakt und aufmerksam. Eben nur ein wenig schüchtern. Aber das wird schon noch." Die Schwester erhob sich. „Soll ich mitkommen?"

„Es wäre mir recht. Dann können Sie sehen, wie die Reaktion ist und was Sie in den nächsten Tagen zu erwarten haben."

Die Schwester nickte und folgte Dr. Summer hinaus in den kühlen Flur.

John wirkte bleich und um Jahre gealtert inmitten der weißen Krankenhauslaken. Elizabeth erschrak regelrecht und wurde zum ersten Mal von der Ahnung übermannt, dass sein Leiden schwerwiegender Natur sein konnte, als sie alle bisher gehofft hatten. Rosie und Rosetta machten sich ähnliche Gedanken, trugen ihre Sorge jedoch nicht ins Gesicht geschrieben. Nur einen kurzen Augenblick waren sie allein mit John, dann betrat der baumlange, grauhaarige Arzt den Raum. Ihm folgte die Krankenschwester, die John auch bisher schon betreut hatte.

„Sie gehören zu Mr. Bylers Familie?", fragte Dr. Summer, um Zeit zu gewinnen.

„Ich bin Mrs. Byler, die Ehefrau, das ist meine Tochter Rosie und meine Schwiegermutter Rosetta", informierte Elizabeth ihn förmlich.

John schwieg. Er hatte die gerunzelte Stirn der Ärztin gesehen, die seine Bilder ausgewertet hatte, die dieses komische laute Gerät von ihm geschossen hatte. Obwohl er keine Angst vor der Technik der *Englischen* hatte, befiel ihm beim klopfenden Lärm und der Enge in der Röhre eine gewisse Beklemmung.

Nachdem er mit der fahrbaren Liege wieder herausgezogen worden war und sich langsam erhob, weil er sich ein wenig schwindelig fühlte, sah er die Ärztin hinter der Glasscheibe, die mit besorgter Miene der jungen Frau neben ihr etwas erklärte und auf die Bilder in ihrem Computer deutete. Dann hatte die Ärztin hochgesehen und ihr Blick traf sich für den Bruchteil einer Sekunde mit dem ihres Patienten. Entwarnung las John darin nicht.

Nun würde Dr. Powell ihnen allen den Befund mitteilen. Er hatte John heute Morgen eine Menge komischer Fragen gestellt und John war klar gewesen, dass es nicht mehr um diese Diabetes ging, von der bisher immer die Rede gewesen war.

„Wie die junge Kollegin, die ihnen bei Ihrem Sturz zur Seite stand, sicherlich schon angenommen hatte, leiden Sie an Diabetes, also der sogenannten Zuckerkrankheit. Das bedeutet für Sie und jeden, der Essen in Ihrem Haus zubereitet, dass Sie sich beraten lassen sollten, was für Ihre Ernährung in Zukunft beachtet werden muss. Auch müssen wir Sie noch ein wenig hierbehalten, um sie richtig auf ihre Medikamente einzustellen und Ihnen die Anwendung der Geräte zu zeigen." Der Arzt machte eine kurze Pause, blickte auf die Schwester. Die nickte ihm zu und er fuhr fort: „Bei der Kernspintomographie heute Morgen allerdings haben wir noch etwas anderes gefunden, weshalb ich Ihnen dann auch diese ganzen Fragen stellte. Sie sagten, dass sie es nicht genau beurteilen können, ob sie durch das Schwindelgefühl oder durch ein taubes Gefühl im Bein gestolpert sind. Auf jeden Fall spüren Sie hin und wieder Teile Ihres rechten Beines nicht. Das stimmt doch, nicht wahr?"

„Das sagte ich Ihnen doch heute Morgen schon."

John war es gewohnt, Dinge laut und deutlich auszusprechen und keine Ausflüchte zu suchen. Die umschweifige Art des Arztes ließ ihn ungeduldig werden.

„Sie sagten auch, dass Ihre Augen manchmal schlecht werden und Sie Dinge doppelt sehen."

Dr. Powell machte erneut eine Pause und schaute in die Runde. Schwester Farnthworth runzelte die Stirn und auch die Mutter seines Patienten schien leicht ungeduldig zu werden. Die jüngeren Frauen übten sich in Geduld. John atmete tief durch, schwieg aber.

„Nun, all diese Beschwerden sind ein Hinweis auf eine Krankheit, die sich Multiple Sklerose nennt. Auch die Bilder vom MRT deuten darauf hin. Ich möchte Sie jetzt nicht mit medizinischen Erklärungen totreden, aber was Sie wissen müssen ist, dass es sich um eine ernsthafte Erkrankung handelt, die Ihr ganzes Leben betreffen wird."

Nun war es gesagt. Die Frauen sahen noch erschrockener drein, als ohnehin schon, John gab sich keiner Regung hin. Elizabeth fing sich als erste.

„Was bedeutet es, es würde das Leben beeinflussen?"

„Im Moment ist es eine sehr starke Vermutung, vor allem wegen der MRT-Bilder, da es dort eindeutige Anzeichen gibt. Einige der Beschwerden hat Ihr Mann ja schon, die Taubheitsgefühle und auch die Sehstörungen. Die Krankheit verläuft in Schüben. Wie viel der dann plötzlich auftretenden Beschwerden sich nicht mehr zurückbilden, kann man nie sagen. Auch die plötzliche Müdigkeit, die Sie beschrieben haben und die dazu führt, dass Sie sich setzen und ausruhen müssen, kann damit zusammenhängen. Manchmal bessern sich die Symptome auch wieder bis zum nächsten Schub. Der kann bald kommen, aber auch Jahre auf sich warten lassen. Jedenfalls müssen Sie Medikamente nehmen, die eigentlich ganz wirksam sind, leider aber auch Nebenwirkungen haben." Diesmal brach er in seinen Erklärungen ab, da er aus Erfahrung wusste, dass zu viele Informationen von geschockten Patienten und ihren Familien nicht mehr verarbeitet werden konnten. Er setzte sich auf die Bettkante des zweiten Patientenbettes, das unbelegt war. Ein kurzes Schweigen senkte sich über die sechs Menschen. An Johns Miene war nach wie vor keine Regung abzulesen.

„Kann es passieren, dass mein Vater gelähmt sein wird?", fragte Rosie nach einer Weile.

„Die Körperfunktionen können sich mit jedem Schub weiter einschränken. Aber es ist vollkommen unklar, wie oft die Schübe kommen und wie sie sich auswirken. Und bei Ihnen, Mr. Byler…" Der Arzt wandte sich wieder an seinen Patienten. „… kann man im Moment nicht genau unterscheiden, wie stark die Schübe wirklich bisher waren, da wir nicht wissen, ob Ihre Zuckerwerte verrückt gespielt haben oder ob es der Multiplen Sklerose zuzuschreiben ist. Es kann also sein, dass Sie für lange Zeit keine Probleme mehr haben, wenn Sie auf Ihren Zuckerwert achten. Wir müssen das einfach beobachten. Die Diagnose an sich steht aber praktisch fest. Allerdings würden wir gerne noch eine Lumbalpunktion machen, um die Diagnose abzusichern." Wieder wartete er ab, bis sich alle Informationen gesetzt hatten.

„Und wie geht es jetzt weiter?" John setzte sich im Bett auf.

„Wie gesagt, erst einmal noch die Untersuchung. Dann bleiben Sie einige Tage, damit wir Ihre Zuckerwerte und die Behandlung einstellen und eine Ernährungsberatung durchführen können. Das machen wir alles in den nächsten Tagen. Was nun die andere Erkrankung betrifft, so müssen wir einfach abwarten. Sie erhalten jetzt erst einmal Medikamente, damit sich die Symptome wieder zurückbilden. Also Ihr Sehproblem und das Taubheitsgefühl. Und dann machen Sie eigentlich so weiter wie bisher. Sie müssen nur sofort wiederkommen, wenn wieder Beschwerden auftreten. Je schneller wir behandeln, desto weniger bleibt zurück."

John nickte. „Gut, dann machen wir das alles so, wie Sie gesagt haben. Aber muss diese neue Untersuchung wirklich sein?"

„Es dient der Absicherung."

„Aber Sie sind sich doch eigentlich sicher. Würde die Untersuchung etwas daran ändern?"

„Eigentlich nicht."

„Dann lassen wir das." John verschränkte die Arme vor der Brust, was die Endgültigkeit seiner Aussage unterstreichen sollte.

„Selbstverständlich. Wir können das immer noch nachholen." Dr. Powell nickte. „Die Schwester wird später noch einmal hereinkommen, um alles Weitere mit Ihnen zu besprechen." Er und die Schwester verließen den Raum.

Draußen blieben sie noch kurz beieinander stehen. Schwester Farnthworth legte den Kopf in den Nacken, um dem Zwei-Meter-Mann ins Gesicht sehen zu können.

„Gibt es religiöse Gründe, warum er die Punktion nicht will?" Dr. Powell war zwar schon lange hier im Hospital, tat sich aber nach wie vor schwer mit seinen amischen Patienten.

„Ich denke, es liegt eher daran, dass es zusätzliche Kosten verursacht. Sie zahlen alles selber. Die Amisch sind nicht versichert. Wenn seine Familie es nicht selbst bezahlen kann, dann tritt die Gemeinschaft dafür ein. Er will einfach nicht noch mehr Kosten verursachen."

„Oh, sicher. Das hatte ich vergessen. Ich weiß auch nicht, warum ich mir solche Sachen nicht merken kann. Langsam sollte ich es doch wissen." Er klopfte mit den Fingerknöcheln gegen seinen Kopf. „Ist halt auch nicht mehr der Jüngste."

„Es wird wohl eher so sein, dass Sie mit den Kosten und Abrechnungen nie was zu tun haben." Die Schwester lächelte und drehte sich um. „Ich muss mal wieder auf die Station. Und nachschauen, in welches Mauseloch sich die gute Barbara verkrochen hat."

Nun lachte auch Dr. Powell. „Tun Sie das mal. Und kümmern Sie sich um die Familie."

„Mache ich doch sowieso."

Nun strebte auch Dr. Powell wieder seinem Arztzimmer zu, um weitere Berichte zu begutachten.

Kapitel 11

John Byler reagierte erstaunlich. Zumindest vorerst. Was die Ernährungsumstellung betraf, so trug er es mit Fassung, nun weniger Brot und Gebäck essen zu können. Sogar das Messen der Zuckerwerte und das Spritzen der Medikamente lernte er erstaunlich schnell. Elizabeth und die anderen Frauen im Haushalt hatten ein wenig mehr Mühe mit den Berechnungen der Brotwerte und beim Zubereiten der entsprechenden Mahlzeiten. Immerhin gab es genug Gemüse im Hause Byler. Am schwersten fiel John der aus seiner Sicht weitgehende Verzicht auf Obst. Ebenso erstaunlich war, dass er nicht lamentierte, sondern sich in die Krankheit fügte.

Merkwürdig hingegen mutete es an, dass er die weitaus schlimmere Diagnose vollkommen ignorierte. Er nahm die Medikamente, die das Taubheitsgefühl im Bein und den Schatten im Auge bessern sollten. Tatsächlich hatte er Glück und beides verschwand beinahe gänzlich. Lediglich eine taube Stelle rund um den Fußknöchel blieb ihm erhalten. Aber während er über die Zuckerkrankheit stundenlang philosophieren konnte – bevorzugt beim Abendessen, was am Abend eines langen Tages zuweilen recht anstrengend sein konnte - schwieg er die Multiple Sklerose tot. Als die Krankheitszeichen verschwunden waren, setzte er die Tabletten wieder ab.

Letztendlich spielte sich im Hause Byler recht bald alles wieder ein. So lange es nötig war und John für sich selber einen Weg finden musste, um die tägliche Arbeit zu bewältigen, halfen die Nachbarn aus. Henry und Ed Stolzfus, die beiden Brüder, die am Ortseingang die Kutschenfabrik und die Pferdezucht besaßen, kamen jeden Tag, um ihm bei den schwereren Tätigkeiten zur Hand zu gehen.

Bei der Obsternte einige Wochen später halfen einige der Nachbarjungen, so dass die Ernte so schnell eingebracht war wie selten zuvor. Das einzige, was die Familie an die MS erinnerte, bestand darin, dass John nicht mehr in der Lage war, auf eine Leiter zu steigen und sich dort zu koordinieren. In kürzester Zeit fing dann sein Bein zu kribbeln an und er verlor das Gefühl darin. So war es ihm nicht möglich, das Obst selber zu pflücken. Zuweilen stolperte er mit einer Obstkiste oder einem anderen schweren Gegenstand in der Hand und der Inhalt der Kiste ergoss sich über die Wiese. Aber alles in allem nahm er sein Schicksal mit Geduld an.

Das Café und der Laden hatten sich etabliert und Rosetta und Rosie gelang es, eine gute Mischung an Waren anzubieten, ohne sich dafür zu verausgaben. Die Lieferantinnen lieferten gute Ware und erhielten eine angemessene Bezahlung. Über den Sommer kamen beinahe täglich mindestens drei Busladungen voller Touristen, da der kleine Ort inzwischen ein Geheimtipp bei den Reiseleitern geworden war. Es gab in House-at-the-Water alles, was das Besucherherz begehrte: schöne, urige Läden nach Amisch-Art, wenn auch nicht alle so konsequent waren wie die Bylers, die Möglichkeit zu phantastischen Spaziergängen zur Wasserfall-Lichtung oder um den See und sogar in den Garten ließen sich die Bewohner schauen und waren bereit zu einem kleinen Schwätzchen, was absolut unüblich für die Amisch war. Die meisten lehnten es ab, zu viel von sich preiszugeben, versuchten, sich jedem Gespräch zu entziehen und wirkten dabei zuweilen sogar abweisend. Hier war es anders. Da diejenigen Teile der Gärten, in denen die meiste Arbeit anfiel, hinter den Häusern lagen, musste niemand unter den neugierigen Augen der Besucher seinem Tagwerk nachgehen. War es nötig, im Bereich an der Straße zu werkeln, hatte jeder immer noch die Auswahl, ob er nun zum Sprechen aufgelegt war oder nicht.

Und eine wichtige Änderung sorgte dafür, dass die Geduld der Bewohner nicht über Gebühr beansprucht wurde: Die Männer hatten zusammen mit Bischof Dave Hershey, der als einziger neben Daniel Miller einen Bauernhof bewirtschaftete, beschlossen, die Öffnungszeiten der Läden so zu gestalten, dass die Besucher um fünf Uhr abends den Ort wieder verlassen würden.

Erstaunlicherweise funktionierte dieser Vorschlag, der eigentlich von Ephraim Burger gekommen war, ganz hervorragend. Die Einnahmen blieben beinahe gleich, obwohl die Arbeitstage nun spürbar kürzer wurden. Ephraim Burger war der einzige im Dorf, dessen Garten längs der Straße lag und tatsächlich während des Tages ständig von den Touristen belagert wurde. Langsam aber sicher fanden House-at-the-Water und seine Bewohner den richtigen Weg.

Jason hatte sich inzwischen unentbehrlich gemacht. In der Zeit, die John noch im Krankenhaus zubrachte, kümmerte er sich jeden Tag frühmorgens um die Pflanzen, um dann nach dem Frühstück, zu dem ihn Elizabeth täglich einlud, in die Kutschenfabrik zu gehen. Nach seinem Feierabend dort schaute er noch einmal vorbei und half Ed oder Henry, die zu diesem Zeitpunkt meistens da waren, bei dem, was gerade zu tun war. Nun, da die Nachbarn nicht mehr so oft vorbeikamen, und John wieder Herr der Lage war, fragte er jeden Nachmittag nach Ende seiner Schicht, ob nicht etwas zu tun sei. Falls John für ihn eine Arbeit hatte, erledigte er diese, um dann bei Rosie im Laden vorbeizuschauen und noch einen Kaffee zu trinken oder ein leckeres Kuchenstück zu verspeisen. Falls John nichts für ihn zu tun fand, schaute er trotzdem bei Rosie zu Kaffee und Kuchen vorbei. Niemanden entging es in dieser Zeit, wie sehr die beiden ineinander verliebt waren. Keiner sagte jedoch etwas dazu. Diesen ersten Schritt, sich den Eltern und der Gemeinschaft zu offenbaren, oblag allein dem jungen Paar.

Inzwischen war es Herbst geworden und die Ernte eingebracht. Jetzt, im Oktober, hatten sich viele der jungen Paare, die sich bei den Singen zuvor getroffen hatten, öffentlich vorgestellt und teilweise ihre Hochzeit angekündigt. Das waren große Ereignisse und in den Familien der Glicks, wo sich Sissy mit einem Jungen aus der Gegend um Bird-in-Hand verlobt hatte, und Millers, deren Tochter Fanny, den Sohn der Smuckers, Less, heiraten würde, begann emsiges Planen. Eine ganze Reihe von jungen Leuten aus der Gemeinde würden vor den Bischof treten und die Taufe erbitten. Eigentlich sollte Rosie unter ihnen sein, aber die Geschehnisse um ihren Vater und die viele Arbeit im Laden hielt sie von einer umfassenden Taufvorbereitung ab. Sie hatte mit Bischof Hershey vereinbart, dies im nächsten Jahr nachzuholen. Dann würde sich auch Jason taufen lassen, der ohnehin vorgehabt hatte, dies erst im nächsten Jahr zu tun. Eigentlich war ihm vorgeschwebt, sich noch ein ordentliches Rumschpringa-Jahr zu gönnen, aber seit er Rosie kannte, war ihm nichts wichtiger, als bei ihr zu sein. Sie hatten ein paar Mal Coatesville und Harrisburg besucht, die nicht so weit entfernt lagen wie Philadelphia, aber gefunden, dass es nirgendwo schöner sein konnte, als in ihrem Heimatbezirk. Die Hektik der Leute hatten sie gleichermaßen fasziniert und abgeschreckt. Warum nur hatten es Englische immer so eilig?

Jason und Rosie saßen an einem der goldenen Oktobertage in der Dämmerung auf einem Ruhebänkchen im Obstgarten, der am weitesten entfernt vom Wohnhaus am Rande des angrenzenden Waldes lag und schauten in die untergehende Sonne. Es war Gottesdienst-Sonntag und heute hatte der Bischof all die Neuigkeiten verkündet, über die sie sich nun austauschten. Auch ihre Fahrt nach Harrisburg, die erst zwei Wochen zurücklag, kam zur Sprache. Rosie stellte Jason die Frage, die ihr gerade in den Kopf geschwirrt war.

„Warum nur haben es die Englischen immer so eilig?" Während der ganzen Woche hatte sie Kunden, die ungeduldig in der Schlange standen und denen die Bedienung an der Theke nicht schnell genug gehen konnte. Manchmal war Rosie regelrecht genervt, vor allem, wenn jemand eine unpassende Bemerkung machte. Aber bisher gelang es ihr stets, sich tolerant und geduldig zu verhalten. Genaugenommen hatte sie Mitleid mit diesen Menschen, die nie zur Ruhe kamen.

„Ich weiß auch nicht. Sie haben so viel Freizeit, die sie vor dem Fernseher verbringen, oder sie entscheiden, einfach faul zu sein. Aber trotz der vielen Zeit, die sie haben, haben sie nie wirklich Zeit."

Rosie lachte. „Genau das meine ich. Sie haben so viel Zeit und nie *wirklich* Zeit."

Sie saßen Schulter an Schulter und hielten sich an den Händen. Es konnte ja immerhin sein, dass sie beobachtet wurden. Natürlich war ihnen klar, dass sich jeder bei ihrem Anblick seine eigenen Gedanken machen würde, die vermutlich in die richtige Richtung gingen, aber sie wollten niemanden mit unzüchtigem Verhalten provozieren.

„Ich freue mich wirklich für die jungen Paare, die es im November wagen und sich trauen lassen."

Rosie hielt eine Hand über die Augen, um sich gegen die tiefstehende Sonne abzuschirmen. Sie schaute in Richtung der Miller Farm, die im Westen an das Grundstück ihres Vaters grenzte.

„Ja, ich auch. Auch wenn ich, ehrlich gesagt, Sissy mit ihren 18 Jahren noch ein wenig jung finde. Aber ich habe gehört, dass die Eltern von James sich aufs Altenteil zurückziehen wollen. Er ist der Jüngste ihrer Kinder und die beiden wollen die Farm dringend übergeben."

„Da wird Sissy eine ganze Menge Arbeit mehr haben in Zukunft. Gleich eine ganze Farm." Rosie atmete tief durch und genoss das laue Lüftchen, das um diese Zeit noch erstaunlich warm blies.

Jason schaute sie von der Seite an und schwieg. Rosie bemerkte es wohl, schwieg aber ihrerseits. Sie hatte gelernt, dass Männer zu rechter Zeit schon sagten, was sie sagen wollten. Da brauchte es keine ungeduldige Frau. Und sie wollte eine vorbildliche Ehefrau sein.

Nach einer längeren Pause, in der jeder seinen Gedanken nachhing, fing Jason wieder an zu sprechen.

„Du hast doch auch eine Menge Arbeit. Ich kenne kein Mädchen deines Alters, das so viel Arbeit hat wie du."

Überrascht setzte Rosie sich auf und schaute ihn an.

„Jeder von uns hat eine Menge Arbeit. Ich genauso wie die anderen. Das ist doch normal."

„Na, so normal wieder nicht. Ich kenne kein Mädchen, das einen eigenen Laden hat und so erfolgreich dabei ist."

Seine Stimme klang neutral, aber irgendetwas in diesem harmlos dahingesprochenen Satz störte Rosie. Sie runzelte die Stirn, zog es diesmal aber ganz bewusst vor zu schweigen, obwohl sie eine Menge Fragen gehabt hätte. Stattdessen überlegte sie, was Jason wohl damit gemeint haben könnte. War sie ihm am Ende zu erfolgreich? Hatte er Dünkel, mit einer Frau zusammen zu sein, die geschäftlichen Erfolg hatte?

„Mir gehört der Laden doch gar nicht", fiel ihr plötzlich ein. „Also bin ich nur Angestellte. So wie beinahe jeder hier im Dorf. Du arbeitest ja auch für Henry Stolzfus."

Sie sah wohl, dass er eine Antwort auf der Zunge hatte. Statt sie herauszulassen, legte er nun die Stirn in Falten. Inzwischen hatte sie die Dämmerung umfangen und kaum jemand würde wahrnehmen, was auf der abgelegenen Bank geschah. Nach einer kurzen Weile legte er ihr den Arm um die Schultern und sie kuschelte sich an ihn. Es war doch alles in Ordnung, was machte sie sich also dumme Gedanken?

„Wie wäre es, wenn wir am Sonntag einmal einfach durch die Gegend fahren?", begann Jason ein anderes Thema.

Rosies Miene hellte sich auf.

„Klar. Würde ich gerne. Ich mache uns ein Picknick und wir halten einfach an, wo es uns Spaß macht."

„Gut. Abgemacht. Hast du Lust zum Singen bei den Schwarz' zu gehen?"

„Nach Paradise? Klar. Schön lange Hin- und Heimfahrt." Rosie blickte ihn schelmisch an. „Ich sitze so gern neben dir im Einspänner."

Er lachte. „Deshalb gefällt mir die Idee ja so gut, mir dir eine lange Ausfahrt zu machen. Aber wenn es dunkel ist, dann ist es umso schöner."

„Jason Burkholder. Du bist ein schlechter Mensch!"

Sie wedelte gespielt mit dem Zeigefinger vor seinem Gesicht herum. „Aber meinen Vater solltest du so was nicht hören lassen. Der erlaubt nie wieder, dass ich mit dir im Einspänner fahre."

„Ach, dein Vater liebt mich doch heiß und innig. Und ich mag ihn auch. Keine Angst. Das ist schon alles gut so."

„Sicher. Es wäre alles wirklich gut, wenn ich nicht gehen müsste. Mom will die Einkochtage noch koordinieren. Da geht es ganz schön rund."

„Ja, ich habe deinem Vater angeboten, zusammen mit Simon und Johnjohn die Bäume abzuernten. Morgen gleich ganz früh holen wir zuerst die Birnen herunter und die Äpfel soweit wir noch kommen."

Simon und Johnjohn waren Cousins und trugen beide den Nachnamen Glick. Die beiden Familien waren Nachbarn der Bylers.

„Dad hat es mir schon gesagt. Mit einem Augenzwinkern übrigens. Die Glick-Mädchen kommen vorbei und helfen beim Einmachen, auch Linda und Lisa mit ihren Töchtern. Dann können Grandma und ich ganz normal den Laden machen. Ich werde dann an meinen freien Nachmittagen bei den Glicks und bei den Stolzfus' mithelfen. Die haben aber nicht so viel Obst wie wir."

Rosie hatte sich erhoben und richtete ihr Kleid, das bei all der Umarmerei ein wenig verrutscht war.

„Ich werde dann auch gehen und zusehen, ob ich Dad noch im Stall helfen muss. Wiedersehen Rosie, bis morgen."

„Wiedersehen Jason. Ich freue mich schon, dich einen Tag lang bei uns zu Hause zu haben."

Sie verzichteten auf einen Abschiedskuss, da irgendwer auf der Miller Farm in Sichtweite werkelte. Stattdessen schlug Jason den Weg nach Hause ein und Rosie betrat ihr Heim durch den Hintereingang.

Ihre Mutter war mit dem Abendessen beschäftigt.

„Ah, Rosie, gut dass du da bist. Wir planen gerade den morgigen Tag."

Die junge Frau betrat den Wohnraum und sah ihren Vater am Küchentisch sitzen, was um diese Zeit ungewöhnlich war. Normalerweise brachte er zu dieser Stunde die Pferde in den Stall und versorgte sie. Während des Tages standen sie zusammen mit anderen Pferden des Dorfes auf einer Koppel auf der anderen Seite der Straße. Die beiden Glick-Familien, die Burgers und die Smuckers hatten so wie sie selber nicht genug Land, um einen Korral anzulegen. So hatten sie sich zusammengetan und dem Wald das Stück Land abgetrotzt.

„Sind die Pferde noch draußen?", fragte Rosie, um anzubieten, sie hereinzuholen. Sie liebte die Arbeit mit den prächtigen Tieren und wäre gar nicht ungern in die Dämmerung hinausgegangen.

„Sind schon im Stall. Wir waren heute etwas früher dran." John hatte eine Tasse Tee neben sich stehen und ein großes Blatt Papier vor sich.

„Deine Mom gibt mir gerade den Auftrag für die Besorgungen morgen. Für das viele Obst, das wir in diesem Jahr bekommen, hat sie zu wenig Gläser und so was."

„Oh!" Rosie schmunzelte. „Schön, wenn wir so viel haben. Dann gibt es viele prima Obstkuchen."

Rosie wandte sich an ihre Mutter. „Was gibt es zu tun?"

„Nichts, danke, Rosie. Aber du könntest zu Rosetta gehen und ihr Bescheid sagen, dass wir essen können."

Rosie nickte und ging hinüber in das Schlafzimmer ihrer Großmutter. Rosetta hatte vor einer Stunde angekündigt, dass sie sich ein wenig hinlegen wollte, da der Gottesdienst heute extra lang gedauert hatte und sie reichlich erschöpft war. Für Rosetta bedeutete das Stillsitzen mehr Stress als sich den ganzen Tag über in der Backstube und im Laden zu bewegen.

„Großmutter. Wir wollen essen. Kommst du?" Rosie lugte in das Schlafzimmer, nachdem sie angeklopft hatte. Rosetta lag angezogen auf dem Bett und schien tief und fest zu schlafen.

Überraschenderweise rappelte sie sich sofort auf. „Schon gut. Ich komme sofort. Ich muss nur noch die Haare richten."

Ihre *Kapp,* die sie nicht abgenommen hatte, war ein wenig verrutscht.

Rosie zog die Tür wieder ins Schloss und beeilte sich, wieder in die Wohnstube hinüber zu kommen, um noch beim Tischdecken helfen zu können.

Tischgespräch war natürlich die kommenden Wochen und die Arbeitseinsätze, die zusätzlich zur täglichen Arbeit noch zu bewältigen waren.

„Wir fangen mit den Birnen an. Da machen wir große und kleine Gläser. Die reichen dafür aus. Und dann kochen wir gleichzeitig Apfelkompott, das kann auch noch ein wenig im Topf bleiben, bis John mit den Einkäufen zurückkommt."

Rosie wusste, dass sich ihr Vater nicht zu schade war, auch einmal solche Dinge zu erledigen, die normalerweise zur Frauenarbeit gehörten. Aber sie konnte gut verstehen, dass er ein wenig brummig war, wenn die Nachbarjungs die Bäume abernteten und er selber nicht viel dazu beitragen konnte.

Aber er blieb geduldig und jeder im Haus wunderte sich darüber, dass er die Umstände seiner Erkrankungen so klaglos trug. Alles in allem hätte alles noch viel schlimmer kommen können. Und sie waren dankbar dafür, dass es so war wie es war.

Der Einkochmarathon funktionierte reibungslos. Die Frauen und Mädchen arbeiteten schnell und mit Vergnügen. Bei diesen Anlässen wusste jeder ein paar Geschichten darüber zu berichten, was in der Familie oder der weiteren Verwandtschaft vorgefallen war und jeder bemühte sich, die Erzählungen so lang wie möglich auszuschmücken. Selbstverständlich gab es viel zu lachen, nicht über die Protagonisten der meist lustigen Vorfälle, sondern über die Art des Vortrags. Rosie ärgerte sich fast, dass sie im Laden stehen musste, und nicht allzu viel davon mitbekam. Rosetta hingegen, die in der Backstube werkelte, ließ die Tür offen und konnte auf diese Weise zumindest die munteren Gespräche mithören, die auf der anderen Seite des Treppenhauses die Arbeit versüßten.

Auf jeden Fall wusste jeder am Abend, wer ein Baby erwartete, wer in den anderen Bezirken wen heiratete, welche jungen Leute in die Welt hinausgehen wollten, was kurzfristig für ein wenig Trauer sorgte, und viele Familiennachrichten mehr.

Gleich der Fülle an Neuigkeiten stand eine Fülle an frisch gefüllten Gläsern auf allen Tischen und Ablageflächen. Nach Ladenschluss nahm sich Rosie ihrer an und beschriftete sie, da auch sie ein wenig Anteil an der Erntearbeit haben wollte. Denn eigentlich liebte sie es, Vorräte anzulegen.

Jason hatte öfter einmal im Laden vorbeigeschaut und auch Rosie stahl sich hin und wieder den Hinterausgang hinaus, um ihrem Liebsten heimlich zuzuzwinkern. Sie freute sich auf die Zeit, da sie einmal den ganzen Tag zusammen sein konnten, ohne auf die anderen Leute achten zu müssen.

Kapitel 12

Rosie hatte keine Ahnung, dass ihre Eltern sich zusammen mit Rosetta ernsthaft über die Tochter unterhielten. Ernsthaft und mit Besorgnis.

Sie saßen in der Wohnküche zusammen, als Rosie am Sonntag mit Jason die lange Ausfahrt machte.

Die beiden jungen Leute waren gleich nach dem Frühstück aufgebrochen und um die gleiche Zeit fand die Konferenz der älteren Bylers statt.

„Es wird ernst mit diesem Jason. Zuerst dachte ich, es wäre nur eine lose Freundschaft, aber sie stecken jede freie Minute zusammen", sagte John mit einem Stirnrunzeln. „Ich mag den Jungen, aber ich sehe keine Zukunft für ihre Freundschaft."

„Er ist der jüngste Sohn der Burkholders, nicht wahr?" Rosetta, die sich bei der großen Masse an jungen Leuten nicht merken konnte, wer zu wem gehörte und darüber hinaus noch wie alt war, sah Elizabeth fragend an.

„Richtig. Und der einzige, der noch zu Hause ist." Sie schaute bedrückt in die Runde. „Er wird die Farm übernehmen."

„Und Rosie wird unser Anwesen übernehmen. Die Gärtnerei, den Laden." John zuckte mit den Schultern, was ihm seit einigen Tagen Schmerzen bereitete. Er verzog sein Gesicht. „Du solltest mich später einreiben."

„Natürlich, John." Elizabeth nickte.

„Der Herr hat uns nicht mehr Kinder geschenkt", sagte sie dann zusammenhanglos. Ihr ganzes bisheriges Leben war sie sehr betrübt darüber, dass aufgrund der schwierigen

Geburt von Rosie ein ärztlicher Eingriff erforderlich geworden war, der weitere Kinder verhinderte.

„Der Herr hat uns die Kinder geschenkt, die er uns schenken wollte."

John streckte sich über den breiten Tisch und legte seine von der vielen Arbeit raue Hand auf ihre zarte kleine Hand. Obgleich sie genau wie Rosie nicht gertenschlank war, hatte sie schmale Hände und feine Gesichtszüge. Auch das hatte sie an ihre Tochter vererbt.

„Ich habe mit Daniel Miller gesprochen. Sein Sohn Dan sollte sich langsam einmal verheiraten. Sie würden zusammenpassen. Und seinen Hof übernimmt in Kürze Abe, ihr ältester Sohn. Er hat immerhin schon zwei Kinder. Und Fanny wird den Smucker-Sohn heiraten. Ihr habt gehört, dass die Verlobung bereits verkündet wurde."

Elizabeth zog ihre Hand aus der von John. „Es gefällt mir nicht, unsere Tochter gegen ihren Willen zu verheiraten." Sie schüttelte nachdrücklich den Kopf.

„Wir müssten unseren Hof verkaufen. Und wohin sollen wir dann? Wer weiß, wie es mit meiner Krankheit weitergeht. Rosetta wird nicht jünger. Irgendwann werden wir uns aufs Altenteil zurückziehen, aber dann ist niemand da, der sich um uns kümmert. Mal ganz abgesehen von dem Laden." Johns Miene wurde hart, als er seine Bedenken aussprach. „Joseph und Rhoda haben beide Elternpaare seiner Eltern zu versorgen. Und unsere Enkel sind noch zu klein, um ihnen unser Anwesen zu übergeben."

Elizabeth machte noch einmal einen Versuch, für ihre Tochter zu sprechen.

„Wir sind doch auch noch jung. Du hast schon recht, dass wir nicht wissen, wie sich deine Krankheit entwickeln wird. Aber der Herr kann es auch gut mit uns meinen.

Zwanzig Jahre können wir uns doch noch um die Gärtnerei kümmern, den Laden können wir an einen der Nachbarn verpachten und dann könnten wir doch auf Liddy oder Mark warten."

Die beiden waren Josephs Kinder.

„Wenn Rosie Jason heiratet, dann wird sie sich um seine Eltern kümmern müssen. Er hat außerdem eine behinderte Schwester, die in der Familie lebt."

„Ist es nicht ein wenig egoistisch, über Rosies Leben derart zu bestimmen? Sollten wir nicht auf den Herrn vertrauen und sehen, was er für uns bereithält? Es geht doch nicht um den Besitz. Wir sind ohnehin nur Gast auf Erden", versuchte Elizabeth es erneut.

Natürlich wusste sie, dass es nicht unüblich war, dass Eltern sich über den zukünftigen Partner ihrer Kinder austauschten. Es war außerdem nicht unüblich, Ehen zu stiften. Aber es widerstrebte ihr zutiefst, so einen Händel in Bezug auf ihre Tochter abzuschließen.

Sie sah flehentlich zu Rosetta hinüber, die sich bisher nicht geäußert hatte. Dabei hatte sie vergessen, dass auch Rosettas Ehe gestiftet worden und Johns Vater ein recht anstrengender Zeitgenosse gewesen war.

„Sie wird lernen, Dan zu mögen, vielleicht sogar zu lieben. John hat recht. Es ist die Aufgabe der Kinder, sich um die Eltern zu kümmern. Und wenn sie Jason heiratet, dann wird sie das nicht können."

„Aber es ist doch nicht Rosies Schuld, dass sie unser einziges Kind ist, das sich kümmern kann."

Elizabeth senkte den Kopf, weil ihr keine Argumente mehr einfallen mochten, die Johns Plan, den er offensichtlich mit Daniel Miller zusammen schon ausgeheckt hatte, verhindern konnten.

„Wie wäre es, wenn wir einen unserer Neffen bei uns aufnehmen würden und ihm das Haus und die Gärtnerei geben. Dann könnte Rosie ..."

John wischte diese Idee mit einer Handbewegung beiseite.

„Du wirst doch nicht annehmen, dass ich mir die Blöße gebe, dass ich meine Familie nicht in der Hand habe?"

„Ich dachte nicht, dass du so denkst."

Elizabeth war tatsächlich darüber überrascht, mit welcher Härte John seinen Plan verfolgte.

„Warum tust du das, John?"

Elizabeth schaute ihrem Ehemann in die Augen. Er konnte ihrem Blick nicht standhalten und wandte den Kopf zur Seite.

„Du willst es wissen, Frau?"

Seine Hände begannen zu zittern und seine verkniffene Miene signalisierte, dass er bald seine Wut nicht mehr zügeln würde können. Und das passierte sehr selten.

Doch Elizabeth hielt es aus. Mit einem Seitenblick erkannte sie, dass Rosetta nicht ganz davon überzeugt war, John in dieser Stimmung zu widersprechen.

„Ich habe eine unheilbare Krankheit. Niemand weiß, wie schnell sie fortschreitet. Ich habe Schmerzen, mal mehr, mal weniger. Ich sehe schlechter. Es ist mal schlimmer, mal nicht so schlimm. Aber es ist vorhanden. Und dann diese Zuckerkrankheit. Als ob eines nicht schon gereicht hätte."

Er machte eine Pause und für Elizabeth klang es, als würde er mit dem Herrn, den er stets über alles gestellt hatte, hadern.

„Ich brauche die Nachbarn jetzt schon. Mehr als sie mich je gebraucht haben. Daniel Miller ist auf mich zugekommen. Er war es auch, der mich erst darauf gebracht hat, dass die Sache mit Rosie und Jason nicht funktionieren kann. Und

Dan braucht eine Frau. Ich fand seine Idee gut und finde sie noch gut. Dan ist ein guter Arbeiter."

„Ist er auch ein guter Ehemann?" Nun wurde auch Elizabeth wütend. Genaugenommen konnte sie nicht glauben, was sie hörte. „Warum ist er mit seinen 23 Jahren noch nicht verheiratet? Ich habe nie gesehen, dass er mit jemandem unterwegs wäre."

„Er spricht eben wenig", mischte sich nun Rosetta ein. „Aber er ist in Ordnung."

„Rosie spricht genug für zwei." John zuckte mit den Schultern und machte Anstalten, das Gespräch zu beenden, indem er sich erhob.

Aber Elizabeth sah das Gespräch ganz und gar nicht beendet.

„Du willst deine einzige und fabelhafte Tochter an einen Stockfisch verheiraten?" Ihre Stimme klang zunehmend lauter.

„Weib! Du sollst mich nicht anschreien. Es ist ausgemacht. Und ich stehe zu meinem Wort."

„Und du bist mein Mann und der Vater von Rosie. Wenn du etwas ausgemacht hast, was Rosie nicht will, wird es nicht geschehen. Und ich stehe auch zu dem, was ich gesagt habe!"

Elizabeth war so wütend, dass sie zitterte und ihr regelrecht schwindelig wurde. Sie verließ den Raum, um sich im winzigen und sehr einfach gehaltenen Badezimmer ein wenig frisches Wasser ins Gesicht und in den Nacken zu spritzen.

Rosetta und John atmeten tief durch.

„Sie wird sich fügen. Sie ist deine Frau. Und Rosie ist deine Tochter. Du bist das Oberhaupt dieser Familie", munterte Rosetta in lockerem Ton ihren Sohn auf.

Auch wenn sie es nicht laut gesagt hatte, so sorgte sie sich auch um ihr eigenes Fortkommen. Trotzdem konnte sie in ihrem tiefsten Inneren ihre Schwiegertochter sehr gut verstehen.

*****

Jason und Rosie ahnten von alldem nichts. Sie ließen sich durch das sonntägliche Pennsylvania County treiben, hielten da und dort an und verbrachten Stunden damit, sich an den Händen zu halten und einfach nur die Anwesenheit des anderen zu genießen.

„Hast du gehört, dass Luis Zook nicht mehr aus Philadelphia zurückkehrt? Er hat einen Brief geschrieben und klargemacht, dass er eine Arbeit gefunden hat und er für die nächste Zeit dort bleiben will."

Jason biss in sein Erdnussbuttersandwich und stützte sich auf einem Ellenbogen ab, um Rosie, die neben ihm auf der Quiltdecke lag, ansehen zu können.

„Hast du auch darüber nachgedacht, einfach wegzubleiben? Vielleicht nur eine kurze Zeit?"

„Nein, nie. Ehrlich gesagt habe ich mich immer überfordert gefühlt in diesen großen Städten. Einerseits immer das Gegaffe der Leute, die uns nicht verstehen können und ständig fotografieren. Dann dieser Verkehr und das permanente Gehupe. Aber wenn ich ehrlich bin, dann wäre ich gerne einmal nach Washington gereist. Auch wenn mir die Politik der Englischen egal ist, aber wer immer dort der Chef ist, ist irgendwie ja auch mein Präsident. Und einer dieser Präsidenten hat irgendwann einmal dafür gesorgt, dass unsere Vorfahren nicht mehr verfolgt werden, sondern einen Platz bekommen, wo sie in Frieden leben können."

„Darüber habe ich noch nie nachgedacht. Aber ich habe mir andere Gedanken gemacht..." Rosie brach ab und sah ihn geheimnisvoll an.

„Worüber denn?" Jason wurde neugierig.

„Als ich in Philadalphia war, habe ich mir die Schaufenster angesehen. Ich finde furchtbar, was die Englischen oft anhaben, oder eben nicht anhaben. Aber ich habe mich gefragt, wie ich wohl in so einem modernen Kleid aussehen würde." Rosie sah ihn treuherzig an. „Findest du das sehr eitel?"

„Ich fände es ziemlich unnormal, wenn du dir keine solchen Gedanken machen würdest. Aber ehrlich, mir gefallen die Kleider unserer Frauen. Die schönen dunklen Farben. Und dann diese Kosmetik. Hast du dir so einen Pfau mal angesehen?" Jason rollte in Erinnerung daran mit den Augen.

Rosie lachte. „Ich kann mir gar nicht vorstellen, wie man darauf kommt, sich so anzumalen."

Sie schwiegen eine Weile und schauten den ziehenden weißen Schäfchenwolken zu.

Dann drehte sich Rosie um und schaute Jason, der auf dem Rücken vor ihr lag, eine Weile stumm an. Schließlich begann sie: „Weiß du, als ich bei dieser Familie im Haushalt gearbeitet habe, da habe ich mir gedacht, wie sehr sich die Weltlichen in ihr eigenes Netz verstricken. Die hatten so unglaublich viel Zeug in ihrer Wohnung herumstehen. Ich habe ständig nur abgestaubt, abgestaubt und abgestaubt. Dann all diese Maschinen. Bis ich die Spülmaschine eingeräumt und ausgeräumt habe, hätte ich auch mit der Hand gespült. Aber am allerschlimmsten fand ich dieses Essen aus dem Supermarkt. Das ganze Tiefkühlzeug, das alles nach Pappe schmeckt. Und viel zu salzig ist. Nein, da vermisse ich nichts."

„Meine Mutter hat erzählt, dass die Dame, bei der sie als junge Frau geputzt hatte, ständig neue Kleidung gekauft hat. Die Sachen sind nie kaputtgegangen. Sie hat sie einfach irgendwann weggeworfen. Meine Mutter hat sie gefragt, ob sie das eine oder andere Teil haben könnte, um den Stoff für ihre Quilts zu benutzen. Das hat sie ihr dann erlaubt."

„Ihr müsst eine Menge bunter Decken zu Hause haben", lachte Rosie.

„Richtig. Sie hat heute noch eine Menge Flicken davon. Manche von ihnen verarbeitet sie in den Decken, die sie bei den Glicks verkauft."

Die Glicks waren ihre Nachbarn und Rosie schaute gerne die vielen bunten Quilts an, die dort angeboten wurden.

„Wenn ich etwas bedauere ist es, dass ich nicht dazu komme, Quilts zu nähen. Das würde ich schon gerne machen. Und mehr kochen. Ich fürchte, deine zukünftige Frau wird nicht richtig kochen können…" Kaum war es ihr entschlüpft, schlug sich Rosie an den Mund. „Oh, Jason, tut mir wirklich leid. Das wollte ich jetzt nicht sagen."

Jason erhob sich. Zärtlich zog er ihre Hand weg und strich ihr dann über eine Wange. „Ich freue mich darauf, meiner zukünftigen Frau das Kochen beizubringen. Und dieser Gedanke bringt mich darauf, dich endlich zu fragen, ob du dir vorstellen könntest, meine Frau zu werden?"

Flammende Röte überzog sein Gesicht bis zu den Ohren.

„Jason, ich fände es wunderbar, wenn ich deine Frau werden würde."

Sie wurden vom plötzlichen Bedürfnis gepackt, sich zu umarmen und sich ganz nahe zu spüren. Ein langer Kuss besiegelte ihr geheimes Versprechen.

Kapitel 13

Plötzlich war Dan da. Im Garten, bei den Pferden, sogar im Haus. Zuerst dachte sich Rosie nichts dabei, immer und überall über den schweigsamen jungen Mann zu stolpern. Dan war ein Schlaks, groß und dünn. Wie alle Miller-Männer hatte er wenig Haare und würde bereits in jungen Jahren eine Glatze haben. Trotzdem hatten die glatzköpfigen Millers dennoch den üblichen Bart der verheirateten Männer. Dan nicht. Rosie wusste nicht genau, wie alt er war, aber sicher irgendwie Mitte Zwanzig.

Sie konnte sich nicht entsinnen, dass Dan schon einmal mit einem Mädchen befreundet gewesen wäre. Für die Singen war er inzwischen zu alt geworden, was es noch schwieriger machte, eine Frau zu finden.

Dennoch war es nicht unmöglich. In einigen Nachbarbezirken gab es sehr junge Witwen, die ihre Männer bei Verkehrsunfällen verloren hatten. Der Mann einer sehr jungen Frau – sie waren gerade ein Jahr verheiratet gewesen – war an einer sehr aggressiven Krebserkrankung gestorben.

Rosie schüttelte den Kopf, als sie in Gedanken versunken wieder einmal über Dan nachsann. Und sie schalt sich selber dafür, dass sie den jungen Mann nicht hübsch finden konnte. Neben Jason konnte so leicht keiner bestehen.

Sie schmunzelte und drehte sich um, um wieder ins Haus zu gehen, nachdem sie die Wäsche hinter dem Haus abgenommen hatte. Es sah nach Regen aus und sie wollte die beinahe trockene Wäsche nicht nassregnen lassen. Stattdessen stellte sie den Korb neben den Ofen in der Küchenecke und legte die besonders feuchten Teile locker über die übrigen Wäschestücke. So würden sie auch hier drin noch trocknen. Ihre Eltern waren seit dem frühen Morgen unterwegs, um größere Besorgungen im Discounter zu machen. Auch zur Bank wollte ihr Vater. Es würde sicher noch einige Zeit beanspruchen, bis sie wieder zu Hause waren. Dafür werkelte Dan seit dem frühen Morgen in und rund um die Scheune. Es waren einige lose Bretter zu richten. Da man dazu auf die Leiter steigen musste, war es keine Arbeit, die ihr Vater selber ausführen konnte.

Die Mutter hatte Rosie gebeten, das Mittagessen für die Familie und Dan zuzubereiten. Obwohl es ein Montag war, was normalerweise die meiste Arbeit in der Backstube und im Laden bedeutete, stimmte Rosetta sofort zu. Letztendlich war Rosie vollkommen arglos und ging davon aus, dass die Herbstzeit, in der mittlerweile auch weniger Touristen unterwegs waren, auch weniger Arbeit im Laden beanspruchte.

„Sag mal, Oma, bezahlt Papa Dan für seine Hilfe, weil der jetzt beinahe jeden Tag da ist?"

Rosie holte sich das Brot als Beilage für den Schweinefleischeintopf, den es unter anderem heute geben sollte, aus dem Laden. Rosetta war eifrig dabei, eine Kundin zu bedienen. Eine zweite betrat gerade den Laden. Einige der kleinen Tischchen waren besetzt.

„Kann ich dir kurz helfen?", bot sich Rosie nebenbei an, während sie immer noch auf eine Antwort wartete.

Rosetta hingegen überlegte sich gut, was sie sagte.

„Ich weiß es nicht, Kind. Falls er es tut, ist es allein die Sache deines Vaters." Sie fühlte, dass diese Entgegnung eine Spur zu heftig ausgefallen war.

Rosie sah sie überrascht an. „Natürlich ist es seine Sache. Darauf wollte ich auch gar nicht hinaus. Aber du hast schon recht. Es ist alleine Dads Sache."

Rosie reagierte auf einen Wink von einem der Tische. Der ältere Herr bestellte noch einen Kaffee, den Rosie ihm sofort servierte. Dann verschwand sie mit ihrem Weißbrot wieder aus dem Laden. In der Backstube buken gerade Brötchen in einem der Öfen. Sie begutachtete sie und fand, dass sie herausgenommen werden sollten.

„Ich nehme die Brötchen heraus, Oma!", rief sie in den Laden und holte das sperrige Blech aus der Backröhre. Die goldenen Brötchen dufteten verführerisch, so dass sie am liebsten eines verspeist hätte, aber langsam musste sie sich beeilen. Rasch ging sie hinüber in die Küche.

Der Eintopf war fertig und stand an der Seite des breiten Holzofens zum Warmhalten. Sie hatte einen Pudding als Nachspeise gekocht, dazu gab es Pflaumenkompott. Sie lächelte vor sich hin, als sie daran dachte, dass Jason mit ihren Kochkünsten heute ganz zufrieden wäre, andererseits konnte man dabei auch nicht allzu viel falsch machen, wie sie sich selber eingestand. Dummerweise konnte sie Jason heute nicht sehen, da sie nicht im Laden gewesen war, als er seinen Lunch geholt hatte. Und als Hilfe für ihren Vater wurde er nun nicht mehr gebraucht.

„Hallo, Rosie!"

Sie fuhr erschrocken herum, da sie derart in ihre Gedanken über Jason eingesponnen war, dass sie die Hintertür, die normalerweise mit quietschenden Scharnieren ins Schloss fiel, nicht gehört hatte.

„Hallo, Dan. Das Essen ist fertig. Setz dich doch schon. Ich hole nur noch Kompott und decke den Tisch."

„Mhm." Er nahm seinen Hut ab und legte ihn auf den Stuhl neben dem, für den er sich zum Hinsetzen entschieden hatte. Rosie runzelte die Stirn. Es würde ein anstrengendes Mittagessen werden, wenn nur einer redete.

Kurze Zeit später saßen sie am Tisch und löffelten den Eintopf, der ihr ausnehmend gut gelungen war, wie Rosie selber fand.

„Kommst du zurecht mit den Scheunenbrettern?", fragte Rosie.

„Mhm", antwortete Dan, ohne sie anzusehen.

Rosie wusste, dass er ein schüchterner Kerl war, aber die Konversation gestaltete sich mehr als anstrengend.

„Wie seid ihr denn dazu gekommen, dass du für meinen Vater arbeitest?" Rosie überlegte sich, dass sie ihn genauso gut fragen könnte, wenn sie es schon wissen wollte.

„Helfe ja nur."

Ah ja!

„Aber du bist ja seit zwei Wochen beinahe täglich hier. Du hast doch sicher auch nicht endlos Zeit."

„Nö, geht schon." Dan hatte sie bisher nicht einmal angesehen. Rosie war nahe daran es aufzugeben.

„Ich hoffe, es hat dir geschmeckt."

Das war nun wieder unhöflich, wenn eine Hausfrau nachfragte, ob es denn geschmeckt hätte, aber Rosie ging eindeutig der Gesprächsstoff aus.

„Mhm."

Natürlich. Diese Antwort hätte sie eigentlich erwarten können. Sie seufzte vernehmlich, was bewirkte, dass er den Kopf hob und sie anblickte.

„War gut, echt."

„Freut mich", sagte sie ein wenig genervt und räumte die Teller ab. „Es gibt noch Pudding und Kompott."

„Prima."

Rosie begann zu erahnen, warum Dan bisher keine Frau gefunden hatte. Sie setzte sich nicht mehr zu ihm an den Tisch, werkelte stattdessen in der Küche.

„Keine Nachspeise?"

Langsam verstand sie seine Art sich mitzuteilen.

„Nö, muss ein wenig auf meine Linie achten."

Auch das war nichts, was man einem praktisch fremden Mann so mir nichts dir nichts mitteilte.

Dan ließ sich Zeit, um etwas darauf zu entgegnen und Rosie war drauf und dran, sich wieder mit dem Geschirr zu beschäftigen, als er doch noch darauf reagierte.

„Mhm."

Rosie begann, sich ernsthaft zu ärgern.

„Magst du Limonade?" Sie wartete gar nicht erst ab, ob er etwas darauf zu erwidern hatte, zumal sie sich ohnehin denken konnte, wie seine Antwort ausfallen würde.

„Mhm."

Rosie hatte Mühe, nicht laut herauszulachen und leistete dem armen Kerl im Stillen Abbitte. Er konnte nichts dafür, dass er so wortkarg war. Also übte sie sich in Geduld und wartete ab, bis er seine Mahlzeit beendet hatte.

Nachdem sie in der Küche aufgeräumt hatte, ging sie hinüber in den Laden, um ihre Großmutter abzulösen. Die Wäsche, die inzwischen vollends getrocknet war, wollte sie am Abend noch bügeln, jetzt musste sie erst einmal nach Rosetta sehen.

„Na, wie lief's so alleine?", fragte sie gutgelaunt ihre Großmutter. Das Dasein als Nur-Hausfrau hatte ihr gefallen. Ihre Eltern waren weit vor Sonnenaufgang aufgebrochen, um nicht in den größten Autoverkehr zu kommen. Deshalb hatte sie sich die Wäsche schon allein vorgenommen und das Frühstück für sie und Rosetta zubereitet. Ziemlich früh hatte sie sich auch an das Mittagessen gemacht. Nun war es noch sehr früh am Nachmittag, so dass sie erst einmal Rosetta in die Küche zum Essen schickte. Tatsächlich war heute ziemlich wenig los im Laden und so konnte sie zwischendurch die Abrechnung für ihre Lieferantinnen machen und die Tagesabrechnung in die Bücher eintragen. Sie hatte sich das alles von Mrs. Finch zeigen lassen und hatte Freude daran, die Zahlen aufzulisten und am Ende festzustellen, dass sich ihre Mühe trug. Zu dieser Arbeit hatte sie sich an den Tisch neben dem Schaufenster gesetzt, um noch ein wenig vom Tageslicht zu bekommen, das langsam aber sicher schwand, zumal heute ein regnerischer Tag war.

Die Jahreszeit machte sich im Laden bemerkbar. Es kamen, so wie zuvor auch, die regelmäßigen Kunden, die Rosettas und Rosies Waren schätzten, aber die auswärtigen Besucher wurden weniger.

Draußen war Betrieb. Die Männer, die in der Kutschenfabrik arbeiteten, machten Feierabend und waren auf dem Weg nach Hause, um dort noch die Stallarbeit für die wenigen Tiere zu machen, die sich die Nicht-Farmer für den eigenen Bedarf hielten. Meistens handelte es sich um Hühner, vielleicht Gänse und Puten. Dazu noch ein Schwein, das sie als Ferkel von einem Bauern kauften und bei ausreichender Größe schlachteten. Das Fleisch wurde eingemacht oder eingefroren. Oft schlachteten mehrere Familien zusammen ein Schwein, so dass es gar nicht nötig war, das Fleisch in der gasbetriebenen Kühltruhe einzufrieren. Ihre Eltern machten es so. Sie selber hielten keine Schweine, holten sich aber regelmäßig ein Schlachtschwein zusammen mit den Glicks und den Smuckers. Manche hielten sich auch Kaninchen. Und natürlich hatte jeder mindestens zwei Pferde im Stall oder auf einer der Gemeinschaftsweiden. So war der Lauf der Dinge hier im Dorf, wo es eben ein wenig anders war, als dort, wo noch genügend Farmland vorhanden war. Rosie fand, dass die Gemeinschaft hier einen guten Weg gefunden hatte. Das alles schoss ihr durch den Kopf, als sie die Männer draußen beobachtete. Erst als die glockenhelle Bimmel an der Tür einen Kunden signalisierte, schaute sie sich danach um.

Ihre Miene hellte sich auf.

„Jason. Hallo. Ich habe dich heute schon vermisst."

„Ich dich auch, Rosie. Deshalb dachte ich, ich könnte noch ganz dringend ein Brötchen für den Weg nach Hause brauchen." Er grinste.

„Und ich verkaufe es dir mit Wonne." Sie lächelte zurück.

Als sie auf dem Weg zur Ladentheke an ihm vorbeikam, hielt er sie kurz an der Hand fest und drückte sie.

Die Schmetterlinge in ihrem Bauch, die immer verrücktspielten, wenn Jason in der Nähe war, meldeten sich überdeutlich.

„Was macht eigentlich Dan ständig bei euch hier?" Jason war Dans überbordende Nachbarschaftshilfe nicht entgangen, zumal John ihm deutlich gemacht hatte, dass Jasons Hilfe zwar immer wieder gerne angenommen würde, aber nun nicht mehr nötig wäre.

Rosie zuckte mit den Schultern. „Keine Ahnung. Dad hat irgendwie einen Narren an ihm gefressen. Ich vermute, weil er ihm nicht widerspricht." Sie lachte, wurde aber sofort wieder ernst. „Tut mir leid, ich wollte das eigentlich nicht sagen. Aber Dan spricht nun einmal nicht viel. Oder besser gesagt: Eigentlich gar nichts."

„Ja, ich weiß. Er arbeitet hin und wieder bei uns. Du musst ihm jedes Wort aus der Nase ziehen."

Rosie packte das Brötchen in eine Papiertüte.

„Hier, mit Empfehlungen des Hauses."

Als er ihr eine Münze reichen wollte, winkte sie ab. Sie rückte näher an die Theke und flüsterte: „Dass ich dich heute doch noch gesehen habe, ist Bezahlung genug."

„Ich hätte dir auch das Doppelte bezahlt, nur um dich zu sehen", flüsterte er zurück und zwinkerte ihr zu.

„Wiedersehen, Rosie", sagte er schließlich wieder in normaler Lautstärke.

„Wiedersehen, Jason."

Rosie sah ihm verträumt nach. Er war einfach phantastisch! Und dass dieser Mann sich für sie interessierte, war noch viel phantastischer!

Wie auf Wolken beendete sie ihre Buchhaltungsarbeit und schloss dann den Laden ab. Die Putzhilfe war inzwischen gekommen und schon eifrig bei der Arbeit, so dass Rosie ihre Eltern, die kurz zuvor zurückgekommen waren, beim Ausladen der Einkäufe unterstützen konnte.

Ihre Eltern fuhren nicht gerne zum Discounter, aber manchmal musste es einfach sein. Dann machte Elizabeth eine genaue Liste, um nur ja nichts zu vergessen. Und so türmten sich auf den massiven Eichentisch im Wohnraum Großpackungen von Cornflakes, Schwarzem Tee, Grieß, Reis und Nudeln und viele andere Sachen, die hin und wieder nötig waren, wie Zahnpasta, Zahnbürsten, Seife, allerhand an Schrauben und anderen kleinen Reparaturutensilien, Sämereien für die Gärtnerei. Der Supermarkt hatte rund um die Uhr geöffnet, aber die Bank und das Kurzwarengeschäft, in dem ihre Mutter gerne einkaufte, machten erst am Vormittag auf. Nun mochte ihre Mutter durchaus gerne nähen und auch quilten, aber da auf dem Tisch lagen riesige Pakete mit Stoffen, Garn, Nähzubehör und allerlei Kleinmaterial. Und schließlich trug ihr Vater gerade drei Hemden herein, die ihre Mutter, so wie die meisten der Frauen, die Rosie kannte, nicht mehr selber nähte, sondern in einem kleinen Laden kaufte, der auf amische Kundschaft und ihren schlichten Geschmack eingestellt war.

„Du liebe Zeit, Mom! Wofür der schöne Organza? Brauchst du eine neue *Kapp?*"

Rosie fasste den feinen Stoff ehrfürchtig an. Eine *Kapp* herzustellen erforderte viel Geschick und häufig arbeiteten die Großmütter an den Kopfbedeckungen der weiblichen Familienmitglieder und die schauten erst einmal fasziniert zu, wie die kleinen Fältchen akkurat gelegt werden mussten, damit ja alles richtig saß.

Die harmlose Frage brachte ihre Mutter offensichtlich aus dem Tritt, denn ihr fielen die drei Großpackungen Nudeln zu Boden, die sie gerade im geräumigen Vorratsschrank verstauen wollte, als sie sich abrupt umdrehte.

„Nun, falls ich eine brauche, habe ich das Material schon mal da. Ich habe mehrere Stoffe gekauft, die ich im Winter vernähen möchte."

Rosie kam ihre Antwort komisch vor. Ihre Mutter hatte noch nie Stoff auf Vorrat gekauft, schon gar keinen so hochwertigen, wie den dunkelgrünen Kleiderstoff, der so wunderbar in der Hand lag, dass sich Rosie sogleich ein Kleid davon wünschen würde. Und dann auch noch der Organza...

Sie fragte nichts mehr, sondern beförderte die Einkäufe dorthin, wohin sie aufbewahrt wurden. Gut, dass die Sachen, die auch in der Backstube gebraucht wurden, alle zwei Wochen von einem Großhändler in Säcken angeliefert wurden, so musste ihre Mutter wenigstens kein Mehl, Zucker oder Milch kaufen. Bei der Kaufwut, die ihre Mutter diesmal an den Tag gelegt hatte, wäre wahrscheinlich der Wagen zusammengebrochen. Rosie verzog das Gesicht zu einem leisen Schmunzeln, als ihr dieser Gedanke durch den Kopf schoss.

„Wohin soll ich den Stoff denn nun bringen?"

Rosie stand am Ende der Aufräumaktion ratlos mit all den Stoffpaketen auf dem Arm neben dem Tisch.

„In mein Schlafzimmer. Lege es einfach aufs Bett."

Wieder war die Antwort ihrer Mutter kurzangebunden und in sehr bestimmtem Ton gesprochen.

Rosie tat, wie ihr geheißen.

Als sie mit den rutschigen Paketen vorsichtig die schmale Treppe zu den Schlafzimmern hinaufstieg, überkam sie ein Geistesblitz.

Ihre Mutter traf Vorsorge für den Fall, dass es notwendig werden würde, ein Hochzeitskleid zu nähen! Und eine *Hochzeitskapp*! Für ihre Tochter!

Rosie schlug das Herz bis zum Hals, als dieser Gedanke von ihr Besitz ergriff. Ihre Eltern waren nicht dumm! Sie hatten Jason und sie beobachtet. Er hatte sie häufig abgeholt und Ausflüge mit ihr gemacht. Das war zwar nicht unbedingt sofort ein Indiz dafür, dass zwei junge Leute gleich ein Paar waren, aber es lag zumindest nahe. Ihre Eltern wussten zwar nicht, dass sie auf ihren Ausflügen allein waren, weil sie weder gefragt hatten, noch Rosie darüber Auskunft gegeben hatte, jedoch mussten sie auch bemerkt haben, wie nahe sich die beiden jungen Leute waren. Und das alles würde bedeuten, dass ihre Eltern mit ihrer Wahl einverstanden waren! Innerlich jubelte Rosie und als sie ihre Last auf dem Bett ihrer Eltern abgelegt hatte, drehte sie sich einmal um sich selber, um ihrer Begeisterung darüber Ausdruck zu verleihen.

Als sie wieder unten ankam, stand Dan im Wohnraum. Groß und schlaksig, die Hände unbeholfen in den Taschen seiner Hose vergraben.

„Bin fertig", meldete er, ebenso unbeholfen, ohne jemanden anzusehen.

Elizabeth drehte sich um, sah zuerst ihre Tochter, die mit roten Wangen und blitzenden Augen gerade zurück in den Wohnraum gekommen war und dann Dan, der verlegen, wie sie annahm, zu Boden sah. Und zog die falschen Schlüsse. Ihre Miene hellte sich sogleich auf und sie ging auf Dan zu.

„Wunderbar. Bleibst du noch zum Abendessen? Es wird aber noch eine Weile dauern. Vielleicht könntet ihr beiden noch das Gewächshaus gießen?"

Rosie stimmte in ihrem Überschwang, der auch aus den falschen Schlüssen zustande kam, sofort zu.

„Klar. Machen wir!"

Dan sagte: „Mhm."

Was Elizabeth einigermaßen irritierte. Sie runzelte die Stirn und sah hinter Dans Rücken ihre Tochter schmunzeln, was sie wiederum falsch deutete.

Jedenfalls schienen die letzten zwei Wochen mit der besonders intensiven Mitarbeit des Nachbarn durchaus von Erfolg gezeichnet zu sein, zumindest was Elizabeth und John, den sie sogleich einweihte, nachdem die jungen Leute das Haus verlassen hatten, betraf.

Rosie hingegen ertrug den schweigsamen jungen Mann wiederum geduldig, konnte aber nicht umhin, in ihrer guten Laune einfach draufloszureden. Sie erzählte von den Pflanzen und was daraus werden würde, was ihr Vater als nächstes im großen Gewächshaus pflanzen würde und welche Gewächse auch im Winter geerntet werden konnten. Dan schenkte sich jedwede Entgegnung. Nicht einmal seine Standartantwort „mhm" ließ er verlauten.

Wenig später hatte Elizabeth ein üppiges kaltes Abendessen aufgetischt. Im Laden war ein Apfelstrudel übriggeblieben, der als Nachtisch nun in der Mitte des Tisches stand. Außerdem gab es verschiedene Brotsorten, Wurst und Käse, Bohnen- und Tomatenaufstrich, den ihre Mutter hervorragend selber zubereitete, und etwas von der Limonade, die vom Mittag noch übriggeblieben war. Der Eintopf, der ebenfalls vom Mittag noch übrig war, würde morgen eine leckere Vorspeise ergeben.

Dan aß schweigend, was die Älteren zwar bemerkten, sich aber vorstellten, dass es wiederum Verlegenheit war.

Allerdings musste John, der die beiden Wochen mit dem schweigsamen jungen Mann zusammengearbeitet hatte, für sich zugeben, dass dessen mangelnde Kommunikationsfähigkeit auch ihn irritierte.

Letztendlich ging er ebenso wie Elizabeth und Rosetta, die ebenfalls informiert wurde, davon aus, dass Dan und Rosie sich nähergekommen waren.

„Na, wie arbeitet es sich mit eurem neuen Hausgenossen?"

Jason hatte den Augenblick genutzt, da Rosie allein im Laden war und zwinkerte ihr verschwörerisch zu. Er war froh, dass Rosie heute wieder ihren normalen Dienst versah und freute sich, mit ihrem liebevollen Gesicht seinen Arbeitstag beginnen zu können.

„Ist kein Problem. Du darfst ihn nur nichts fragen."

Rosie hatte nicht die Absicht, schlecht über Dan zu reden, denn immerhin war er ihrem Vater ganz offensichtlich eine große Hilfe. Aber ganz geheuer war ihr die ganze Aktion immer noch nicht. Sie durchschaute einfach den Grund nicht, warum ihr Vater Dan bei sich arbeiten ließ, obwohl er das meiste davon doch genauso gut selber hätte erledigen können.

Sie schaute sich um und beugte sich dann zu Jason hinüber.

„Ich verstehe einfach nicht, warum Dan rund um die Uhr hier sein muss. Ehrlich gesagt, hatte ich schon befürchtet, dass es Dad schlechter geht. Aber dafür gibt es keine Anzeichen."

Jason zuckte mit den Schultern. „Da kann ich dir auch nicht weiterhelfen. So ganz kann ich das auch nicht verstehen, zumal Dan eigentlich doch auch zu Hause gebraucht würde. Die haben jetzt doch eine Menge Arbeit, wie alle Bauern. Und was ich gestern gehört habe, ist bei den Millers ein Cousin zu Besuch, der eifrig mithilft. Carl hat es erzählt, als er bei Mrs. Finch etwas zu erledigen hatte."

Rosie stutzte. „Carl hat erzählt, dass ein Cousin da wäre und bei ihnen zu Hause mithilft? Und sein Bruder ist bei uns? Was soll das denn werden?"

Jason schaute sie mit verkniffener Miene an.

„Rosie, hast du heute Mittag kurz Zeit? Ich will was mit dir besprechen. Jetzt passt das nicht."

Rosie, die immer noch in der Annahme war, ihre Eltern würden sich auf ihre Hochzeit einrichten, nickte eifrig.

„Klar. Wenn ich den ganzen Tag über im Laden bin, kann ich mir mittags schon ein wenig Zeit nehmen."

„Ich hol dich ab, wenn ich Mittagspause habe. Dann gehen wir rund um die Koppel. Da kann uns nicht jeder gleich sehen."

Sie lächelte. „Klar. Prima Idee."

Aus ihrer Verabredung wurde nichts. Rosie musste ihrer Mutter beim Zubereiten des Mittagessens helfen und sollte zusammen mit ihren Eltern und Dan auch daran teilnehmen. Da ließ ihre Mutter keine Widerrede gelten. Sie hatte nicht einmal Gelegenheit, es Jason selber zu sagen, da sie gar nicht mehr in den Laden kam bis nach dem Essen.

Nun saß sie am Tisch, ähnlich wie gestern, nur dass diesmal ihr Vater die Konversation übernahm. Genaugenommen lobte er Dan in höchsten Tönen. Das war aus zwei Gründen absolut ungewöhnlich, da die Amisch grundsätzlich kein Lob verteilten, denn jede Arbeit, die getan werden musste, egal wo, egal was, wurde mit vollstem Einsatz erledigt. Und speziell ihr Vater verlor nie ein Wort über den Fortgang irgendwelcher Arbeiten.

Als John dann Dan fragte: „Was nehmen wir uns denn heute Nachmittag vor?", machte sich in Rosies Magen schlagartig ein äußerst unangenehmes, flaues Gefühl breit. Natürlich antwortete Dan nicht, sondern zuckte nur mit den Schultern, dafür hatte Rosie zu viele Sätze auf den Lippen, die sie gerne losgeworden wäre. Doch sie hielt sich zurück. Der fiese Geistesblitz, der sie eben überfallen hatte, konnte einfach nicht wahr sein!

Statt ihre Eltern gleich damit zu konfrontieren, fragte sie mit harmloser Stimme: „Sag mal Dan, welcher deiner Cousins ist denn zurzeit bei euch, um deinem Vater zu helfen?"

Statt Dan anzusehen, blickte sie bei dieser Frage ihrem Vater offen in die Augen. In ihrem Blick lag fast ein wenig mutige Frechheit.

„Lloyd", gab Dan arglos zur Antwort, ohne irgendjemanden anzusehen.

„Wie kommst du auf so eine Frage, Kind?" Die Stimme ihres Vaters klang sehr bestimmt.

„Ich wundere mich nur, dass Cousin Lloyd bei den Millers aushelfen muss, während Dan bei uns aushilft. Dann hättest du ja gleich Lloyd einstellen können."

Auch Rosies Stimme klang durchaus angriffslustig.

„Wie kommst du dazu, dir die Gedanken deines Vaters anzumaßen?", schritt Elizabeth tadelnd ein. „Es würde dir gut stehen, dich anständig zu benehmen, wenn ein Gast mit uns die Mahlzeit teilt."

Rosie ruderte zurück. „Du hast natürlich recht, Mom. Entschuldige bitte, Dad und auch du Dan. Ich dachte einfach, dass du zu Hause eine größere Hilfe wärst, als dein halbwüchsiger Cousin das sein könnte. Selbstverständlich geht es mich aber nichts an."

Es schadete nicht, mit ihrem schlimmen Verdacht vorerst noch hinter dem Berg zu halten. Aber sie würde wachsam sein. Sehr wachsam!

Tatsächlich schaffte sie es erst am nächsten Tag, mit Jason kurz zu reden. Rosetta und sie hatten die Bestellliste für den Lieferanten fertiggemacht und normalerweise trug Rosie sie zu Mrs. Finch. Diesmal bestand ihre Großmutter darauf, dies zu erledigen. Als die aber in einem ausführlichen Kundengespräch verwickelt war – genau genommen war es ein Tratsch mit Mrs. Glick – entwischte Rosie mit der Liste.

Im Büro von Mrs. Finch sah es aus, als hätte ein Wirbelsturm getobt. Drei Aktenordner lagen aufgesprungen auf dem Boden, einen Teil des Inhalts hatte sich über das Laminat verteilt. Mrs. Finches Kaffeetasse hatte ihren Inhalt über den Schreibtisch und einige Papiere ergossen, ein Stuhl lag umgeworfen mitten im Raum.

„Was ist denn hier passiert?" Rosie sah sich um und entdeckte hektische rote Flecken am Hals der ansonsten so überlegt agierenden Angestellten. Jetzt bemerkte Rosie einen großen Kaffeefleck auf dem grauen, kniebedeckenden Rock der jungen Frau.

„Ich würde sagen, Bär und Bulle hatten eine Auseinandersetzung um die Aktien", seufzte Mrs. Finch, die sich der offenen Aktenordner annahm.

Rosie verstand die Anspielung auf die beiden Börsensymbole Bulle und Bär und die gefallenen Akten – oder Aktien, wie Mrs. Finch mit Galgenhumor sagte – nicht, wusste aber, dass die beiden Hauskatzen der Stolzfus' Bull und Bear hießen.

„Haben die Katzen hier getobt?", erriet Rosie, den umgefallenen Stuhl aufstellend.

Statt einer Antwort machte Mrs. Finch ein sehr gequältes und langgezogenes „Hmh", was Rosie zum Lachen brachte – und sie zugleich an den Grund ihrer Mission erinnerte.

„Mrs. Finch, ich würde Ihnen gerne helfen, aber ich muss mit Jason sprechen. Könnten Sie ihn wohl ins Büro rufen?"

Mrs. Finch hatte inzwischen so lange mit den Amisch zugebracht, dass sie diese Bitte als extrem ungewöhnlich erkannte. Andererseits wusste sie um die Freundschaft der beiden.

„Klar, wenn ich dir damit helfen kann."

Mrs. Finch winkte Jason herein, der ihrer Bitte sogleich nachkam. Rosie hatte sich in eine Ecke zurückgezogen, denn die Kollegen in der Halle mussten ja nicht gleich sehen, dass sie sich im Büro befand. Als Jason hereinkam, nickte Mrs. Finch zu Rosie hinüber und es war dem jungen Mann anzusehen, wie überrascht er darüber war, sie hier vorzufinden. Verlegen sah er von einer jungen Frau zur anderen, aber Mrs. Finch stand schon an der Tür.

„Ich werde jetzt versuchen, den bösen Kaffeefleck aus dem Rock zu waschen und außerdem Putzwasser holen. Und ich werde wahrscheinlich etwas länger dafür brauchen."

Rosie lächelte und Jason sah immer noch recht ratlos aus. Als die Angestellte die Tür geschlossen hatte, wandte er sich mit fragendem Blick Rosie zu.

„Ist etwas passiert? Gestern vielleicht, als du plötzlich keine Zeit mehr hattest?" Jason klang besorgt.

„Ich befürchte, dass tatsächlich etwas passiert ist, oder besser: passieren wird. Und das gestern, das hat auch was damit zu tun."

Rosie atmete tief durch, weil die Wut, die sie seit gestern empfand, wieder Oberhand gewann. „Ich habe die Befürchtung, dass meine Eltern mich mit Dan verkuppeln

wollen." Jetzt war es gesagt. Und Jason sah genauso über-
fahren aus, wie sie sich gestern gefühlt hatte.

„Dan?", brachte er schließlich heraus.

„Dan!", bestätigte sie mit einer Miene, die ihr den Zorn, der
in ihr gärte, ins Gesicht zauberte.

„Aber warum nur? Hassen dich deine Eltern so sehr, dass
sie sich ausgerechnet Dan ausgesucht haben?"

Jason meinte es ernst, doch er brachte Rosie zum Lachen
damit.

„Ich glaube nicht, dass man das so nennen sollte. Aber ich
bin außer mir vor Ärger. Und man soll sich nicht ärgern,
sagt Dad immer."

„Ach, und weil Dad zu dir sagt, dass man sich nicht ärgern
soll, testet er dich gleich mal?" Diesmal lag eine gehörige
Portion Sarkasmus in seiner Stimme.

Rosie fasste ihn beschämt am Arm. „Ich weiß doch auch
nicht, wie sie darauf kommen und was der Grund ist. Aber
es kann nicht an dir liegen. Dad mochte dich doch immer."

„Ja, den Eindruck hatte ich auch."

Jason wollte noch etwas sagen, aber er brach ab. Rosie runzelte die Stirn.

„Wir können hier nicht gut reden. Aber vielleicht schaffen
wir es, uns heute Abend irgendwann zu treffen. Übrigens
sollte ich gar nicht hier sein. Großmutter wollte die Bestellliste bringen, ich bin praktisch mit der Liste abgehauen.
Und das gestern Mittag war auch abgekartet zwischen
meinen Eltern und Rosetta. Sie halten in dem Punkt offensichtlich zusammen. Und das macht mich so wütend, dass
ich aus der Haut fahren könnte!"

„Hör zu, Rosie. Ich werde heute Abend an der Koppel warten. Du weißt schon, dort, wo die Büsche stehen und man
vom Ort aus nicht hinsieht. Komm, wann immer du
kannst. Ich bin ab Einbruch der Dunkelheit dort."

Er vermied es, sie zu küssen, weil durch die Fensterfront jedermann zusehen konnte. Es war ohnehin schon gewagt, sich überhaupt hier zu unterhalten, doch Jason verstand Rosies Hilflosigkeit. Er fühlte sich gerade ebenso.

Jason lief den Weg von zu Hause bis zur Fabrik jeden Tag zu Fuß. Es waren etwa dreieinhalb Meilen einfach. Er empfand diese gute dreiviertel Stunde, die er im Laufschritt dafür brauchte, als Zeit zum Durchatmen. Es waren die einzigen Stunden des Tages, da er in Ruhe zum Nachdenken kam und in den letzten Wochen benutzte er den Weg, um sich ein Leben mit Rosie an seiner Seite auszumalen. Heute war es anders. Die Düsternis seiner Seele schlug sich auf seine Wanderung nieder. Und zum ersten Mal, seit er im Ort arbeitete, fühlte er sich müde und erschöpft, als er zu Hause ankam.

Die ganze Zeit über hatte er darüber nachgedacht, ob er mit seinem Vater sprechen sollte. Dann hatte er diesen Gedanken wieder verworfen. Er wusste noch zu wenig. Zuerst wollte er hören, was Rosie überhaupt zu dieser Annahme brachte, obwohl die plötzliche Anwesenheit Dans durchaus dafürsprach.

„Was ist, Sohn?"

Phil Burkholder wartete ungeduldig darauf, dass Jason das schwere Tor vor die Scheuneneinfahrt schob. Tatsächlich hatte der junge Mann einen Gedanken verfolgt, der ihm gekommen war, als er seine ältere Schwester Millie mit ihrer Puppe auf der Veranda spielen sah. Millie war zurückgeblieben. Sie hatte niemals eine Schule besucht und verbrachte den Tag damit, einfache Dinge für ihre Mutter zu erledigen oder auch einmal im Garten zu arbeiten. Meistens spielte sie aber mit ihren Puppen. Irgendwann wäre er an der Reihe, Millie zu versorgen. Und auch seine Eltern.

Seine Geschwister waren, genauso wie Rosies Bruder, verheiratet und nun auf anderen Höfen zu Hause. Jetzt verstand er, warum Dan auf dem Byler-Anwesen herumgeisterte!

Die fordernden Worte seines Vaters rissen ihn aus seinen Überlegungen. Er schob das schwere Tor und sein Vater verriegelte es. Inzwischen war die Dämmerung beinahe der Dunkelheit gewichen. Doch die gebückte Haltung seines Vaters, der ständig mit Rückenproblemen zu kämpfen hatte, konnte Jason durch den grauen Mantel der beginnenden Nacht sehen.

„Kann ich den Einspänner heute noch haben? Ich möchte eine kurze Ausfahrt machen", fragte er unvermittelt, weil er sich plötzlich nicht mehr in der Lage fühlte, den Weg zu laufen.

„Du willst zu Rosie?", erriet sein Vater.

Er hatte seine Hände in den Granitbottich getaucht, der von plätschernden Quellwasser gespeist wurde und wusch sich sein staubiges Gesicht.

„Ja, ich habe etwas mit ihr zu besprechen."

Jason hatte keinen Grund, seinen Vater anzulügen.

„Du kannst den Einspänner haben, aber ich möchte mich kurz mit dir unterhalten."

Ja, vielleicht war es keine schlechte Idee, seine Befürchtungen mit seinem besonnenen Vater durchzusprechen und von ihm eine Aufmunterung zu bekommen. Denn das war es, was sein Vater normalerweise für seine Kinder bereithielt, wenn diese ein Problem wälzten. Das war in Kindertagen so und das war auch jetzt noch so, da sein Nachwuchs erwachsen war und selber Kinder hatte. Alle, bis auf Jason und Millie.

Sie setzten sich auf die Verandabank, dorthin, wo Millie immer noch spielte. Die Dunkelheit machte ihr keine

Angst. Jason betrachtete seine Schwester, die in der Reihenfolge seiner Geschwister direkt vor ihm kam. Millie war kleingewachsen und trug eine Brille mit dicken Gläsern. Obwohl ihre Mutter mehrmals am Tag ihre Frisur und die *Kapp* richtete, sah sie immer ein wenig unordentlich aus. Millie hatte die Angewohnheit, mit einem Finger unter die Kopfbedeckung zu greifen und einzelne Haarsträhnen herauszuziehen, um dann mit ihnen zu spielen. Ihre Mutter hatte ihr das niemals abgewöhnen können.

„Millie, Liebes, geh zu deiner Mutter und sag ihr, dass wir gleich kommen."

Phil strich seiner kranken Tochter liebevoll über eine Wange und half ihr, auf die Beine zu kommen. Er legte ihr die Puppe, die ihr hinuntergefallen war, in den Arm und deutete auf die Fliegentür. Millie benutzte immer den Vordereingang. Sie liebte das Geräusch, das die Fliegentür von sich gab, wenn sie geöffnet wurde und sich durch die Federung selber wieder ins Schloss zog. Manchmal konnte sich Millie stundenlang damit beschäftigen, die Tür zu öffnen und abzuwarten, bis sich diese mit dem typischen Quietschen wieder schloss.

Phil wartete ab, bis Millie auch die hölzerne Haustür geschlossen hatte und begann dann sehr nachdenklich zu sprechen.

„Du weißt, mein Sohn, dass die Bylers Dan Miller seit einiger Zeit im Haus haben."

„Ja, das weiß ich."

„Ich denke mir, dass John Byler die gleichen Überlegungen anstellt, die ich dir jetzt vorlege. Die Bylers haben außer Rosie kein weiteres Kind, das den Laden und die Gärtnerei übernehmen könnte. Ich habe gehört, dass John krank ist. Eine Krankheit, die sein Leben sehr schnell beeinträchtigen kann, und man nicht weiß, wann und ob dies sein wird. Er wird sich nicht ewig um alles kümmern können. Und Rosetta auch nicht."

Phil kratzte sich seinen dünnen Bart, der um seine Wangen und sein Kinn gewachsen war. Von der Hochzeit an lassen die Männer ihren Bart wachsen, allerdings keinen Schnauzbart, der in der amischen Tradition verpönt war. Zu sehr würde diese Haartracht an die militärischen Gepflogenheiten früherer Zeiten erinnern. Manche Männer trugen dichte Bärte, die ihnen weit über die Brust reichten. Andere, so wie Phil Burkholder, lediglich einen dünnen Haarkranz um sein Gesicht.

„Und hier bei uns ist es dasselbe. Ich übernehme den Hof und werde mich um euch und Millie kümmern. So ist es doch, nicht wahr?", vollendete Jason die Überlegungen seines Vaters.

Plötzlich lag alles sonnenklar vor ihm.

„Ja, so ist es. Ich sehe keine andere Lösung."

Was hätte Jason darauf antworten sollen? Dass einer seiner Geschwister sich um die Eltern und die Schwester kümmern sollte? Das wäre mehr als undankbar gewesen. Undankbar und undenkbar.

Jason atmete tief durch. „Aber ich liebe Rosie und sie liebt mich. Ich kann sie doch nicht aufgeben?"

Phil zuckte mit den Schultern.

„Was soll ich dir sagen, Jason? Wir Amisch unterliegen unseren Regeln und unseren Traditionen. Was denkst du, dass ich tun soll?"

Er sah Jason aufmerksam an.

„Ich könnte den Hof verkaufen und zu einem deiner Geschwister ziehen. Aber was ist mit Millie? Es ist hier ihre Heimat."

Jason antwortete nichts darauf. Es war weder seine noch Rosies Schuld, dass es eben so war, wie es war. Sollten sie auf ihr Glück verzichten? Es drängte ihn, alles mit Rosie zu besprechen.

„Dad, ich würde gerne ins Dorf fahren und mit Rosie sprechen. Es ist im Moment alles zu viel. Ich muss den Kopf frei bekommen."

Phil nickte. „Iss einen Happen und dann fahr zu ihr. Und denkt über alles genau nach."

Jason machte sich aus dem Hackbraten, den seine Mutter als Abendessen aufgetischt hatte, und zwei dicken Toastscheiben ein Sandwich und aß es auf dem Weg ins Dorf. Den Einspänner stellte er am Parkplatz ab, den tagsüber die Touristen benutzten und der durch Büsche und Bäume vom Ort aus kaum einzusehen war. Dann lief er das kurze Stück zurück bis zur Pferdekoppel.

Rosie kam mit etwas Verspätung. Sie hatte sich vom Abendessen davongestohlen, indem sie vorschob, noch etwas frische Luft zu brauchen. Bevor irgendeiner Einwände erheben konnte, zumal Dan noch mit am Tisch saß, hatte sie schon ihren Umhang vom Haken an der Hintertür geholt und war entwischt. Nicht, dass womöglich noch jemandem einfiel, Dan solle sie begleiten!

Die Dunkelheit umfing sie. Das Licht der kargen Lichtquellen in den Stuben drang kaum nach draußen und Straßenbeleuchtung gab es nicht. Sie musste einen Moment warten, bis sich ihre Augen an die Dunkelheit gewöhnt hatten und ging dann hinüber zur Koppel bis zum Platz an den Büschen, wo Jason sie sehnlichst erwartete.

„Hallo Rosie! Endlich kann ich dich wieder in die Arme nehmen!"

Jetzt, da er sie in den Armen hielt, erkannte Jason erst, wie sehr er ihre Nähe vermisst hatte. Niemals würde er diese Frau aufgeben! In Rosie ging Ähnliches vor, da sie sich an Jason klammerte, als wäre sie im Begriffe zu ertrinken.

Eine Weile standen sie engumschlungen da, dann lösten sie sich voneinander. Keiner wusste, wie er beginnen sollte. Dann nahm Jason das Wort.

„Mein Dad hat mich heute über Verschiedenes aufgeklärt." Er blieb vage. Wie sollte er es auch sagen?

„Ja, und mir sind die Augen aufgegangen."

Rosie machte ein bekümmertes Gesicht, das er jedoch in der Dunkelheit nicht sehen konnte.

Als er nichts darauf erwiderte, sprach sie weiter: „Großmutter muss plötzlich den Laden fast alleine machen, weil ich ständig Kindermädchen für Dan spielen muss. Zusammen Blumen gießen, für ihn kochen, mit ihm essen ... schrecklich!"

Jason empfand bei aller Seelenpein plötzlich Mitleid mit dem unbeholfenen Schlaks. „Dan ist doch ganz in Ordnung. Er spricht eben nicht so viel."

Rosie war zu erregt, als dass sie erfassen konnte, dass Jason einfach nur ein gutes Wort für Dan einlegte und nicht Teil der Verschwörung war.

„Du willst mir Dan doch nicht auch verkaufen? Liebst du mich nicht mehr?"

Sie sprach eine Spur zu laut und er legte den Finger auf die Lippen und machte „Pscht!"

Sie zügelte sich und schwieg.

„Blödsinn. Ich meine eigentlich nur, dass er wahrscheinlich genauso wenig für die Situation kann wie du auch. Und die Situation ist absolut verfahren. Das kannst du mir glauben."

Er atmete tief durch und klärte sie dann auf: „Mein Vater hatte zuvor ein sehr ernstes Gespräch mit mir und ich habe erkannt, worum es den Eltern geht. Du wirst die Bäckerei und die Gärtnerei erben und deine Großmutter und die Eltern mit. Und ich werde den Hof übernehmen und mich ebenfalls um meine Familie kümmern." Er hielt inne, weil er auf einmal ein überwältigendes Gefühl von Hilflosigkeit übermannte. Er spürte Tränen in seinen Augen.

Rosies Tränen konnte er nicht sehen. Sie flossen bereits in Strömen und jetzt erkannte er an ihrem bebenden Körper, wie aufgelöst sie war.

Sie hielten sich fest. Eine ganze Weile. Bis sich Rosie löste, um nach einem Taschentuch in ihrer Kleidertasche zu graben. Sie schnäuzte und säuberte sich ihr Gesicht. Dann atmete sie die kühle, frische Luft und zwang sich, ruhiger zu werden.

„Jason, was sollen wir denn tun? Abhauen? Wir sind beide nicht getauft. Wir könnten weggehen."

„Du meinst das nicht ernst."

„Nein, ich würde das nie tun. Aber ich kann dich auch nicht aufgeben. Lieber heirate ich gar nicht. Ich kann doch nicht wenige Meilen von dir entfernt wohnen und immer daran denken, wie sehr ich dich liebe. Womöglich mit einem Mann an meiner Seite, den ich nicht liebe. Das ist einfach nur schrecklich! Das kann unser Herr doch nicht wollen?"

„Vielleicht sollten wir dafür beten, dass wir erkennen, was er von uns will", schlug Jason unvermittelt vor. „Es ist fast November. In diesem Jahr kann dich niemand mehr verheiraten. Wir haben also wenigstens noch ein Jahr und vielleicht fällt uns inzwischen noch etwas ein."

Bei den meisten Amisch war der November der Trauungsmonat, weil der anstehende Winter den jungen Eheleuten Zeit gab, alle Verwandten nach und nach zu besuchen und sich als Ehepaar vorzustellen.

„Da wäre ich nicht so sicher. An jenem Montag nachdem der Bischof die Verlobungen verkündet hat, kam seine Frau in den Laden und sie erzählte Großmutter, dass bei der großen Anzahl an anstehenden Vermählungen und Heiratswilligen es schon mal passieren kann, dass auch im Januar noch einmal Hochzeiten gefeiert werden."

„Das wäre ja schrecklich!", widerholte Jason Rosies Standartspruch in diesen Tagen. Dann dachte er nach. „Aber die Zeiten, da man dich zu einer Ehe zwingen kann, sind doch vorbei. Die Eltern können doch nicht einfach eine Hochzeit arrangieren!"

„Du weißt genau, dass das durchaus immer noch gemacht wird. Vor allem bei den späten Mädchen."

Rosie spielte darauf an, dass ein Mädchen mit Mitte zwanzig durchaus schon als alte Jungfer galt, die nur noch schwerlich einen Mann finden würde. Es war oftmals in ihrem eigenen Sinne, einem heiratswilligen Mann zugeführt zu werden. Und in diesem Fall war Dan der späte Junge. Zwar gab es diesen Ausdruck nicht, aber auch Männer hatten ein Verfallsdatum. Anders verhielt es sich mit bereits Verheirateten, deren Partner früh verstorben war. Auch sie wurden häufig verkuppelt, da meistens Kinder zu versorgen waren und ein Haushalt getan werden wollte. Das alles fiel Rosie gerade ein und sie ließ den Kopf wieder hängen.

„Wenn Dad meint, dass ich Dan heiraten soll, dann wird das so geschehen", meinte sie düster.

„Gut, dann verspreche ich dir etwas: Sollte es soweit kommen, bevor wir eine Lösung haben, werde ich mit dir weggehen. Wenn du das wirklich willst."

„Willst du es denn?"

„Ehrlich gesagt, nicht wirklich. Aber wenn es sonst keinen Ausweg gibt, würde ich es tun. Weil ich dich liebe. Und das macht die Sache dann schon wieder sehr einfach."

Er lächelte in der Dunkelheit und Rosie sah seine Zähne und das Weiß seiner Augen im Mondlicht blitzen.

„Es gibt mir zumindest Hoffnung", sagte sie schlicht und schmiegte sich wieder in seine Arme.

Lange Zeit später begleitete Jason Rosie bis zu ihrem Haus und er selber ging zur Kutsche, um noch einen längeren Umweg zu machen, bevor er nach Hause fuhr. Er musste alle Möglichkeiten durchdenken, bevor er sie seinem Vater und John Byler vorschlagen würde.

Für eine Lösung mussten sie sich entscheiden!

Das Spielchen ging weiter. Dan war nun jeden Tag am Vormittag da und ging in der Gärtnerei zur Hand. Rosie wurde ebendort dienstverpflichtet. Dafür entdeckte ihre Mutter plötzlich ihr Talent für die Verkaufstheke und als Kellnerin im Café.

Aus irgendeinem Grunde glaubte Rosie einfach nicht daran, dass ihre Mutter mit all dem einverstanden war. Vielleicht war es ihre verschlossene Miene gewesen, die Rosie auf den Gedanken brachte, dass ihrer Mutter dieses Vorhaben genauso wenig gefiel wie ihr selber. Vermutlich pochte ihr Vater in dieser Sache auf sein Vorrecht als Haupt der Familie.

Langsam aber sicher hörte Rosie auf, kindlich zu denken. Sie hielt Augen und Ohren offen und erkannte Zusammenhänge, die ihr vorher gänzlich entgangen waren. Ihre Eltern hatten ihre Gespräche nie vor den Kindern geführt und sie hielten es immer noch so. Doch auf einmal entwickelte Rosie ein Gespür dafür, wann sich die Eltern zurückzogen, um einen Händel auszutragen. Und sie begann, einige unmanierliche Verhaltensweisen anzunehmen, indem sie Gespräche belauschte und sogar in das Schlafzimmer ihrer Eltern schlich, um nachzusehen, was ihre Mutter mit den Stoffen getan hatte. Erschrocken stellte sie fest, dass der wunderbare dunkelgrüne Stoff inzwischen zugeschnitten war. In ihren Maßen. Sollte ihre Mutter ein Hochzeitskleid für sie fertigen? Rosie fand den Gedanken so schlimm, dass ihre altbekannte Wut wieder aufflammte. Wie konnten ihre Eltern ihr das antun? Von Kindern wurde erwartet, sich um die Eltern zu kümmern. Das war eines der ungeschriebenen Gesetze in der Gemeinschaft. Und das war eine gute Regel. Aber war es nicht egoistisch von den Eltern, ihre Kinder für ihre Absichten zu missbrauchen? Und Rosie fühlte sich missbraucht. Und verletzt. Und Dan schwieg täglich vier Stunden lang in ihrer unmittelbaren Nähe.

Sein Schweigen forderte sie zum Reden heraus. Aus irgendeinem Grunde musste sie einfach reden, wenn er verbissen und schweigend neben ihr arbeitete oder ihr bei Tisch gegenübersaß, oder mit der Kutsche mit ihr unterwegs war, um irgendwelche Dinge zu besorgen – selbstverständlich in irgendeinem weit entfernten Geschäft, um nur ja eine lange Fahrt vor sich zu haben – die gar nicht besorgt werden mussten.

Jason und Rosie sahen sich heimlich. Um die Eltern in Sicherheit zu wiegen und nicht womöglich in Zugzwang zu bringen, unterließ es Jason, weiterhin im Laden einzukaufen. Einzig Mrs. Finch war eingeweiht und sorgte zuweilen dafür, dass sie sich einige Minuten lang sehen konnten. Obwohl sein Vater die Sache nicht mehr erwähnte, war Jason auch seiner eigenen Familie gegenüber vorsichtig. Fürs Erste war ihm wichtig, Rosie hin und wieder sehen zu können. Und er arbeitete an einer Lösung, die allerdings nicht wirklich Formen annahm. Ihm mochte einfach nichts einfallen!

Es war Weihnachten geworden und der Schnee fiel früh in diesem Jahr. Schon in den Wochen vor Weihnachten griff die Kälte nach dem Land und legte einen weißen Zuckerguss über die Felder und Wiesen. Die Männer, die in den Gärten oder auf den Feldern gearbeitet hatten, frönten nun der Holzarbeit, die die meisten von ihnen ganz gerne taten. Sie arbeiteten gemeinschaftlich in den Wäldern und teilten die Ausbeute untereinander auf. Die Frauen trafen sich in den Wintermonaten häufiger zu ihren Quiltabenden und Rosie beteiligte sich dabei. Nirgends gab es interessantere Neuigkeiten als bei diesen Treffen. Willkommener Nebeneffekt war, dass die dunklen Abende nicht so arg lang ausfielen, wenn man Gesellschaft hatte.

Es hatte sich herausgestellt, dass die Läden in House-at-the-Water nicht so lange geöffnet werden zu brauchten, da sich in der früh einsetzenden Dunkelheit kaum jemand mehr ins Dorf verirrte. So genügte es vollauf, bis zwei Uhr nachmittags offen zu halten. Alles in allem deckte der strenge Winter allerhand Ärger und Verdruss zu. Selbst Dan kam nicht mehr so oft, weil Dad absolut keine Arbeit mehr für ihn fand.

Dad selbst hatte keinen weiteren Anfall mehr, was die Multiple Sklerose betraf und auch seine Zuckerkrankheit hatte er bestens im Griff.

Eigentlich gab es keinen Grund zu klagen – wenn nicht eine schlimme Grippewelle über das Land hereingebrochen wäre, die besonders über viele ältere Leute hinwegschwappte. Es hieß, dass die Grippekranken mehrere Wochen im Bett zubrachten, bevor es ihnen wieder einigermaßen besser ging. Zwei sehr alte Damen, die Mutter des Bischofs, Madge Hershey, die in ihren Achtzigern war, wurde so schrecklich krank, dass sie mit dem Krankenwagen ins Krankenhaus gebracht werden musste. Und der Schwiegervater von Aaron Glicks Sohn starb an der Krankheit, weil er sie zu lange verschleppt hatte und Herzprobleme bekam. Das alles führte dazu, dass der Bischof beim letzten Gottesdienst vor Weihnachten die Leute dazu aufforderte, vorerst im Haus zu bleiben und nur die allernotwendigsten Besorgungen zu machen. Niemandem war gedient, wenn eine wirkliche Epidemie mit womöglich noch mehr Toten über die Gemeinschaft hereinbrechen würde. Die Bäckerei schloss genauso wie alle anderen Läden für zwei Wochen.

Dann fühlte sich Rosetta schlapp und müde. Ihre Beine trugen sie nicht mehr und sehr schnell setzte hohes Fieber ein. Sie packte sich selber ins Bett und schwitzte ihre Grippe ein paar Tage lang aus. Nach etwa vier Tagen begann sie ein schlimmer Husten zu quälen und schließlich setzte sich auch noch ein Schnupfen in die Nebenhöhlen. Elizabeth besorgte Medikamente in der Apotheke in Bird-in-Hand und ließ sich beraten. Und tatsächlich flaute die Krankheit nach zwei intensiven Wochen wieder ab und Rosetta verließ das Bett wieder, um einfache Dinge im Haushalt zu helfen.

So schlimm es auch war, aber die Grippewelle hatte Rosie eine Verschnaufpause beschert. Nicht nur der geschlossene Laden, auch der „Hausarrest" ließ ihr Zeit, ihre geliebten Quilts anzufertigen und Mom nach ihren uralten Geheimrezepten zu fragen, die sie akribisch in ein Schreibheft eintrug. In dieser Hinsicht geriet sie ganz nach ihrer Großmutter.

Im Februar, nachdem längst alles wieder seinen gewohnten Gang ging, begann Rosetta, sich wieder schlecht zu fühlen. Unrhythmisches Herzklopfen machte ihr zu schaffen und Schmerzen in der Brust ängstigten sie. Diese Beschwerden traten nicht immer auf, mal mehr, mal weniger, und sie informierte niemanden darüber.

Die Grippewelle und die ruhigere Zeit des Winters vertagte auch Rosies großes Problem. Jason arbeitete nicht mehr täglich in der Kutschenfabrik, da auch dort nicht so viel Arbeit zu erledigen war und Dan, wie gesagt, ließ sich ebenfalls selten bei den Bylers sehen. Da Schnee und Kälte die Gegend immer noch eisern im Griff hielt, traf man sich genaugenommen nur zu den Gottesdiensten und selbst da fehlten jeweils diejenigen, die den weiten Weg scheuten. Junge Männer, so wie Jason, wurden beauftragt, auf den abgelegenen Farmen nach dem Rechten zu sehen und sie brachten die Kunde, dass niemand ernstlich erkrankt war oder sonst ein schlimmeres Problem sich auftat.

Rosetta merkte langsam, dass sie es war, die ernsthafte Probleme hatte. Was sie niemals zuvor verspürte, war eine unglaubliche, tiefgreifende Erschöpfung und immer öfter jene Herzschmerzen, die sich immer bedrohlicher anfühlten. Endlich vertraute sie sich der Familie an. Da musste sie bereits nach einer halben Etage auf den Treppenstufen stehenbleiben, um zu verschnaufen.
Sie sagte es den anderen beim Abendessen.
John ließ seinen Löffel klirrend in Mutters leckeren Bohnen-Rindfleischeintopf fallen, dass die Suppe aufspritzte.
„Wie lange hast du diese Schmerzen und die Kurzatmigkeit schon?", fragte er eine Spur heftiger, als er eigentlich vorgehabt hatte.
Auch wenn der Herr schon wusste, was er seinen Kindern auferlegte – um seine Mutter machte sich jeder die größten Sorgen.
„Genaugenommen seit der Grippe. Aber nicht so schlimm wie jetzt. Ich würde gerne zum Arzt gehen. Könnte mich jemand mit dem Schlitten hinfahren?"
Der Weg hinunter nach Bird-in-Hand war lang und obwohl eine geteerte Straße zu ihrem Dorf heraufführte, wurde sie nicht ebenso häufig geräumt, wie die Hauptstraßen, an denen auch weltliche Hausbesitzer wohnten. Dies war kein böser Wille. Tatsächlich konnten sich die Amisch

mit ihren Schlittenkufen auf dem Schnee leichter fortbewegen, als die Autofahrer auf den glatten Straßen. Und auf denen lag eine festgefahrene, geschlossene Schneedecke. Wenn ein Krankenwagen oder ein anderer Hilfsdienst bis zu ihrem Dorf heraufmusste, legten die Fahrer Schneeketten an die Reifen.

John bevorzugte es, Rosetta mit dem Schlitten nach unten zu bringen. Und irgendetwas an Rosettas Miene sagte ihm, dass es am besten heute noch sein sollte.

„Rosie, würdest du bitte zu den Stolzfus' gehen und den Arzt anrufen, ob wir noch kommen können? Sag, in einer Stunde wären wir da."

Rosie sprang sogleich auf und musste sich erst einmal festhalten. Die Sorge um ihre Großmutter machte sie schwindelig und sie atmete tief durch, um das unangenehme Gefühl wieder zu dämpfen.

„Ich bin gleich wieder da", meldete sie und holte bereits ihren Umhang vom Haken. So schnell es der glitschige Untergrund erlaubte, lief sie die kurze Strecke zum Büro der Kutschenfabrik. Sie wusste, dass Mrs. Finch ihr Auto weiter unten stehenließ und sie von einem der Männer in der Fabrik mit dem Schlitten abgeholt und abends wieder dorthin gebracht wurde. Sie hatte längst Feierabend.

Deshalb klopfte Rosie an der Tür des Hauses und bat darum, telefonieren zu dürfen.

Der Arzt erwartete John und Rosetta bereits. Und schon die ersten Untersuchungen, die er in der Praxis machen konnte, zeigten ihm, dass der Zustand der älteren Dame mehr als ernst war.

„Mrs. Byler. Sie müssen diese Beschwerden schon eine geraume Zeit haben."

Seine Stimme klang leicht tadelnd. Andererseits wusste er durch langjährige Erfahrung, dass die Amisch selten wirklich frühzeitig in seine Praxis kamen.

„Das EKG zeigt, dass sie bereits einen Herzinfarkt gehabt haben musste. Erinnern Sie sich an besonders heftige Schmerzen, Beschwerden in einem Arm, Kurzatmigkeit, Übelkeit, starkes Schwitzen?"

„Vor etwa drei Wochen war es einmal besonders schlimm. So ähnlich, wie Sie sagten", gab sie zerknirscht zu und wurde von John mit einem strengen Blick bedacht.

Doch er hielt sich im Hintergrund. Der Arzt hatte gewiss noch mehr zu sagen, dass sah John an dessen gerunzelter Stirn und der ernsten Miene.

„Ich lasse Sie heute noch von einer Ambulanz abholen. Im Krankenhaus werden weitere Tests gemacht und ich möchte Sie jetzt auch nicht noch mehr beunruhigen. Aber das EKG sieht wirklich nicht gut aus", sagte er zu Rosetta.

Der Arzt beabsichtigte, der Möglichkeit vorzubeugen, dass seine Patientin es vorziehen könnte, wieder nach Hause zu fahren.

„Mr. Byler. Sie kennen das ja inzwischen schon. Ich hole die Ambulanz und sie bringt Ihre Mutter nach Coatesville. Aber angesichts des schlechten Wetters wäre ich der Meinung, dass Sie mitfahren in die Klinik."

John nickte. „Ich müsste meiner Familie Bescheid sagen. Kann ich Ihr Telefon benutzen?"

Der Arzt hielt ihm das schnurlose Telefon hin und John übernahm es. Er wählte die Nummer der Stolzfus' und hoffte, dass jemand an den Apparat gehen würde.

Tatsächlich wurde sofort abgenommen.

„Dad meinte, ich solle am Telefon bleiben für den Fall, dass du anrufst, John." Lee, Henrys ältester Sohn hatte mittlerweile bereits stundenlang im Büro die Stellung gehalten.

„Lee, würdest du zu meiner Familie gehen und Bescheid sagen, dass ich zusammen mit Rosetta ins Krankenhaus nach Coatesville fahre? Der Arzt meinte, angesichts des Wetters sollte ich mitfahren."

John ließ offen, was es bedeuten mochte, dass jemand mit ins Krankenhaus kommen sollte, aber jeder wusste auch so, dass Rosetta ernsthaft erkrankt war. Sehr ernsthaft.

Die Zeit schritt voran. Obwohl die beiden Daheimgebliebenen große Angst um Rosetta hatten, gingen sie irgendwann zu Bett, nicht, ohne sie dem Herrn und seinem Willen anzuempfehlen.

Im Krankenhaus wurde Rosetta in die Intensivstation gebracht und an verschiedene Geräte angeschlossen und sie erhielt mehrere Medikamente. John saß im Sessel neben ihrem Bett und nickte dann und wann kurz ein, um bald darauf wieder von einem der piepsenden Maschinen geweckt zu werden. Das ungewohnte Krankenhauslicht empfand er als extrem störend. Irgendwann gegen Morgen litt er an unerträglichen Kopfschmerzen und fragte die Schwester nach einer Tablette.

Hektik machte sich breit, obwohl es draußen noch stockdunkle Nacht war. Früh aufzustehen störte John nicht, aber die laute Betriebsamkeit, das Geklapper der eilig dahinhastenden Schwestern, die befehlsartig vorgebrachten Unterhaltungen zwischen Ärzte und Schwestern und der Schwestern untereinander machten ihn unruhig. Diese Welt mit all ihrem Strom, den Maschinen, dem Stress – das war nichts für ihn. Aber für Rosetta musste er es eben aushalten, so wie er es damals ausgehalten hatte, als er in den weißen Laken lag und nicht wusste, was mit ihm geschehen würde.

Seine Geduld wurde auf eine große Probe gestellt. Erst gegen Mittag kam der Arzt, der in Johns Augen viel zu jung war, in den Raum, zusammen mit einer Schwester und einem großen Patientenbogen, in dem er fortwährend blätterte.

John wünschte sich Dr. Summer herbei, zu dem er Vertrauen gefasst hatte. Selbst die burschikose Schwester Farnthworth war ihm während seines Aufenthaltes hier ans Herz gewachsen.

Dieser Arzt, der sich als Dr. Xander vorstellte, hatte die Angewohnheit, sein Gegenüber nicht anzuschauen. John empfand Menschen, die einem nicht in die Augen blicken konnten, als nicht aufrecht. So, als hätten sie etwas zu verbergen. Seine Assistentin trug einen derart kurzen Schwesternkittel, dass John Mühe hatte, nicht ständig auf das in seinen Augen anstößige Kleidungsstück zu starren – und gezwungenermaßen auf seine Trägerin. Die junge Frau war nicht einmal besonders hübsch oder schlank. Sie und ihr Kittel wirkten absolut deplatziert und John verstand nicht, wieso so etwas in einem Krankenhaus gestattet wurde.

„Mrs. Byler, sie haben eine Herzmuskelentzündung, vermutlich durch Ihre Grippeerkrankung. Leider ist Ihr Herz in keinem guten Zustand. Wie Dr. Powell schon erkannte, hatten Sie vor nicht allzu langer Zeit einen Herzinfarkt und jetzt ist die Pumpleistung Ihres Herzens sehr gering."

„Und was bedeutet das alles jetzt für meine Mutter?" John stellte sich zu Rosetta, die so aussah, als würde sie nichts von dem begreifen, was der Arzt da von sich gab.

„Wir versuchen es mit Medikamenten. Mehr können wir im Moment nicht tun."

„Was bedeutet das?", fragte John erneut.

„Dass wir es mit Medikamenten versuchen", antwortete der Arzt mit erhobener Stimme. „Sie entschuldigen mich, ich muss noch nach anderen Patienten sehen."

John nickte irritiert. Er nahm Rosettas Hand, die ihn mit erschrockenem Blick fixierte. Sie hatte bisher wenig gesprochen, was zum einen daran lag, dass all die Umtriebe hier sie einschüchterten. Aber John sah wohl, dass ihre Lippen blau angelaufen waren und sie die größten Probleme mit dem Atmen hatte. Irgendwann in der Nacht hat ihr die Schwester einen Atemschlauch an der Nase befestigt, um ihr das Luftholen zu erleichtern.

Rosetta baute ab. Schnell. Viel zu schnell. Inzwischen war es später Nachmittag, aber selbst John, der in diesen Dingen keine Ahnung hatte, sah, wie sehr sich die Befindlichkeit seiner Mutter verschlechterte. Er beschloss, zu Hause anzurufen und seine Familie herzuholen. Als er sich erheben wollte, hielt ihn Rosetta mit einem Handzeichen zurück.

„John!", flüsterte sie.

Er beugte sich zu ihr hinab.

„Meine *Hochzeitskapp* ist in der Truhe an meinem Bett."

John krampfte sich das Herz zusammen.

Der Herr will es so.

Ja, das wusste und glaubte er aus tiefstem Herzen. Aber hier lag seine Mutter und sie lag im Sterben. Die Ärzte, die in den letzten Stunden immer mal wieder in den Raum kamen und die Schwestern, die ständig da waren, sahen ihn mit besorgten Gesichtern an, mal mehr mal weniger mitfühlend.

Es ist der Wille des Herrn.

Das war so schwer zu verstehen. Rosetta war viel zu jung. Noch keine alte Frau. Sie stand im Leben. Sie hat noch so viel gearbeitet. Eigentlich dachte John, dass seine Mutter noch viele Jahrzehnte bei ihnen zubringen würde.

Wieder betrat eine Schwester den Raum. Hinter ihr Dr. Summer. John hatte nach ihm gefragt.

„Mr. Byler. Ihre Mutter macht uns große Sorgen. Der Kollege meinte, es ginge sehr schnell bergab."

Dr. Summer wusste, dass die Amisch durchaus in der Lage waren, schlechte Nachrichten zu verarbeiten. Er hatte den jungen und, wie er selber fand, oftmals zu kurzangebundenen und wenig anteilnehmenden Kollegen darum gebeten, John Byler und seiner Mutter die schlechten Nachrichten selber überbringen zu dürfen.

Dr. Xander hatte kein Problem damit. Er konnte *mit diesen Leuten*, wie er die Amisch nannte, ohnehin nicht umgehen.

Dr. Summer dachte bei sich, dass der junge Kollege es wahrscheinlich schnell lernen sollte, wenn er hierbleiben wollte.

„Ja, Dr. Summer. Ich merke es selber. Ich habe den Raum nicht verlassen seit gestern Abend, aber das Atmen fällt ihr immer schwerer und ich glaube, sie fühlt selber … nun …", er brach ab, weil er nicht wusste, wie er es im Beisein seiner Mutter formulieren sollte.

„Ihr braucht euch nicht zurückzuhalten", ließ sich nun Rosetta mit schwacher Stimme vernehmen. „Ich weiß selber, dass es zu Ende geht. Ich gehe zum Herrn. Das ist alles." Sie brauchte lange, bis sie diese paar Worte gesprochen und keuchte, als sie geendet hatte.

John legte ihr eine Hand auf die Stirn und strich über ihre Wange. In seinen Augen glitzerten Tränen.

„Oh Mutter!"

„Denken Sie, dass Ihre Familie herkommen kann?"

Dr. Summer hielt John sein Handy hin und der nahm es, dankbar, dass er zum Telefonieren nicht den Raum verlassen musste.

Mrs. Finch war am Apparat und versprach, die Fahrt von Rosie und Elizabeth irgendwie zu organisieren. John bat sie außerdem zu versuchen, im Bezirk von Joseph und

Rhoda anzurufen, damit auch sein Sohn und seine Schwiegertochter die Möglichkeit haben würden, Rosetta noch einmal zu sehen.

Trotz der schlechten Straßenverhältnisse kamen Elizabeth und Rosie noch rechtzeitig im Krankenhaus an. Sie gelangten mit dem Kutscher von Mrs. Finch zu deren Auto und konnten dann mit ihr nach Coatesville fahren. Kaum, als sie das Zimmer betreten hatten, erreichten auch Joseph und Rhoda die Klinik. Auch sie hatten einen weltlichen Fahrer bemüht, wie dies im Notfall bei den Amisch üblich war.

Rosie hatte Tränen in den Augen. Niemand hatte sich vorstellen können, Rosetta so schnell zu verlieren, war sie doch ein Muster an Stärke und Zähigkeit. Doch die Grippe hatte ihr die Lebenskraft geraubt und der Herr würde sie nun früher in sein Reich holen, als alle geglaubt hatten.

„Rosie!", ließ sich Rosettas schwache Stimme vernehmen, als alle im Raum versammelt waren.

Als sie Rosies verweinte Augen erblickte, zog ein leises Lächeln über das Gesicht der alten Frau. „Du weißt doch, dass mich der Herr heimholt. Es gibt keinen Grund dafür, traurig zu sein."

Sie sprach langsam und kaum hörbar, unterbrochen von tiefen Atemzügen, die ihr jedoch nicht mehr ausreichend Luft in die Lungen pumpten.

„Führe die Bäckerei weiter. Es ist mein Vermächtnis an dich. John weiß es..."

Rosie war sicher, dass ihre Großmutter noch etwas sagen wollte, aber die Stimme versagte ihr. Sie schaute von Rosie zu den anderen. Zu Joseph, dessen Bart entsprechend seiner Ehejahre inzwischen eine ansehnliche Länge erreicht hatte. Zu Rhoda, seiner Frau, die unübersehbar ihr drittes Kind erwartete. Zu Elizabeth, die mit den Tränen kämpfte und so sehr versuchte, stark zu bleiben. Zu ihrer Schwiegertochter hatte Rosetta immer ein gutes Verhältnis gehabt und sie litt mit Elizabeth, dass sie nach Rosie keine Kinder mehr hatte bekommen können. Und sie blickte auf John, der inzwischen selber reich an Jahren war und dessen steinerne Miene seine zuvor noch – als er alleine mit seiner Mutter im Zimmer war – offen getragenen Emotionen verbergen sollte. Sie wusste es besser. John war ein guter Sohn gewesen, selbst in jenen Tagen, da sein Vater hart und tyrannisch die Familie regierte. John war nicht fortgelaufen wie manch anderer in so einer Situation. Er war geblieben und hatte seine Mutter unterstützt und zuweilen auch geschützt.

Rosetta war zufrieden. Ihr Leben war vollendet. Ein letzter tiefer Atemzug, der ins Leere führte. Dann war es vollbracht.

Die Anwesenden senkten die Köpfe. Nun würde sich der Herr ihrer annehmen.

Rosetta lag im Sarg aufgebahrt und die Verwandten und Freunde nahmen von ihr Abschied. Ihr zuvor noch leidendes Gesicht sah nun friedlich aus, so als würde sie schlafen. Und gemäß ihrem Wunsch nahm sie ihre *Hochzeitskapp* mit ins Grab.

Jason und Dan gruben ihr Grab, was eine entsetzlich harte Arbeit war bei dem fast bis zu einem Meter tief gefrorenen Boden. Die Nachbarn brachten Essen und versorgten die Tiere. Dan, der von John gelernt hatte, versorgte die Pflanzen im Gewächshaus.

Alles ging seinen normalen, amischen Gang. In aller Ruhe und Gelassenheit wurde Rosetta verabschiedet und fand ihre letzte Ruhe auf dem zugeschneiten Friedhof der Gemeinschaft.

Kapitel 15

Die Bäckerei war für die Trauerzeit geschlossen gewesen. Nun galt es, einen guten Plan zu entwerfen, um sie gemäß Rosettas Wunsch, weiterbetreiben zu können. Das war eine harte Nuss für Rosie, die ihre Eltern gebeten hatte, sie alleine planen zu lassen. Immerhin war der Laden das Vermächtnis ihrer Großmutter an sie persönlich. Sie wollte sich dem unbedingt als würdig erweisen.

Rosettas Gesicht schob sich vor jede Zahl, jeden Namen, jede Kuchensorte, die sie notierte. Rosie ertappte sich sogar dabei, bei ihren Plänen ihre Großmutter miteinzubeziehen, bevor sie sich traurig daran erinnerte, dass die ja nicht mehr da war.

Dennoch schaffte sie es, ein brauchbares Konzept auszuarbeiten. Sie ging zu Wendy und auch zu Muriel, die bisher nur wenige Stunden im Laden gearbeitet hatte. Beide sagten zu, mehr als bisher zu arbeiten. Auf diese Weise würde Rosie selber sich dem Backen widmen können.

Auch bereinigte sie das Sortiment. Jedes einzelne Backwerk, dass sie von ihrer Liste strich, oder besser: streichen musste, weil sie es alleine nicht schaffen konnte, schmerzte sie. Aber es half nichts: Sie musste damit zurechtkommen und wusste inzwischen, was wie viel Arbeit verursachte. Gut, dass ihre Großmutter sie bereits seit geraumer Zeit die Bestellliste anfertigen hat lassen und dies somit für Rosie nur noch Routine bedeutete.

Jede einzelne ihrer Lieferantinnen fragte sie, ob sie auch weiterhin ihre Spezialitäten liefern würden und keine sagte ihr ab. Auch nicht ihre Mutter, die weiterhin die Lunchpakete packen würde.

Schließlich stellte sie ihren Eltern vor, wie sie sich die Zukunft der Bäckerei vorstellte. Ihre Ideen gefielen und in der Woche darauf testete Rosie, ob alles so funktionieren konnte.

Wendy und Muriel waren eine große Hilfe. Da beide schon länger hier arbeiteten, kannten sie die Handgriffe und fanden sich im Laden hervorragend zurecht, auch in Stoßzeiten, die jetzt, nachdem endlich auch die Schneeschmelze eingesetzt hatte und die Straßen wieder frei wurden, durchaus wieder häufiger wurden. Am meisten erstaunte es Rosie, dass ihr die Backarbeit recht gut von der Hand ging. Sie hatte befürchtet, allzu viel Ausschuss zu produzieren, aber bis auf eine einzige Lage Käsebrötchen hatte sie in dieser Woche keinen Schwund zu verzeichnen.

Es lief und nun, da sie ihr eigener Herr war und die Arbeit im Garten ihren Vater und den unvermeidlichen Dan forderte, hob sich ihr Selbstbewusstsein. Sie verhandelte, rechnete ab und bestellte. Es lief, wie gesagt, und sie war stolz darauf, was sie allerdings niemandem erzählte.

Rosettas unverhofftes Ableben bremste auch die Euphorie aller Beteiligten am Dan-Komplott. Es war klar, dass Rosie keine Zeit mehr hatte, mit dem ständigen Hausgast Pflanzen zu gießen, ihn zu bekochen oder andere Besorgungen zu erledigen. Einerseits war Rosie froh darüber, andererseits wusste sie genau, dass sich irgendetwas sicher noch zusammenbraute. Sie wusste nur nicht, wann es soweit sein würde.

Immerhin sah sie Jason wieder häufiger. Der Wechsel vom Winter- aufs Frühjahrwetter öffnete auch wieder die Tore der Kutschenfabrik und Jason kam wie zuvor jeden Morgen, um sich seinen Lunch zu holen. Und Rosie, die Chefin, war so frei, ihn persönlich zu bedienen. Zuweilen trafen sie sich spätabends bei der Pferdekoppel und ihre Zuneigung wuchs mit jedem Wiedersehen.

Sie würden heiraten. Daran gab es für keinen von ihnen auch nur den geringsten Zweifel. Allerdings hatten beide vereinbart, die Entwicklung erst einmal abzuwarten.

Ihre Geduld wurde auf keine lange Probe gestellt. Nicht einmal einen Monat nach Rosettas Tod kam Rosie, todmüde von der vergangenen Woche, eines Freitagabends in die Küche, um beim Tischdecken für das Abendessen zu helfen. Genauer gesagt, wäre dies ihr Plan gewesen, aber schon auf halbem Wege – im Treppenhaus – blieb sie abrupt stehen. Deutliche Stimmen waren zu vernehmen, nicht nur die ihrer Eltern oder Dans, dessen Stimme sie nur selten zu hören bekam. Diesmal war ein weiterer Mann da, der sich mit dröhnendem Bass mit ihrem Vater unterhielt.

„John Byler, es bleibt dabei, dass wir nun endlich Nägel mit Köpfen machen müssen. Dan ist bereits so lange bei euch, dass mich die Nachbarn schon fragen, warum wir diese seltsame Übereinkunft getroffen haben und mein Sohn bei euch arbeitet, während mein Neffe bei mir beschäftigt ist."

Rosie versagten die Knie! Sie setzte sich geräuschlos auf die unterste Treppenstufe. Zu lauschen war Unrecht, aber da hineinzugehen hätte sie jetzt auf keinen Fall fertiggebracht.

„Da bin ich ganz deiner Meinung, Daniel. Die beiden müssen einmal Farbe bekennen und sich erklären. Hast du mit Dan gesprochen?"

„Nein, ich habe es versucht, aber du weißt ja, er hat die Schweigsamkeit meines Großvaters geerbt."

Daniel Miller lachte kurz auf.

Rosie meinte, auch ihren Vater lachen zu hören.

In diesem Moment war sie derart wütend über ihn, dass sie das Gefühl hatte, aus der Haut fahren zu müssen. Die beiden Männer lachten und trafen eine einsame Entscheidung, stellvertretend für zwei andere Menschen, die ihr Leben lang darunter leiden würden. Und dass sie an der Seite des durchaus nicht unsympathischen, aber extrem schweigsamen jungen Mannes unglücklich werden würde, das war sicher. Sie redete gerne, mit ihrer Kundschaft, mit ihrer Familie. Und selbst wenn sie später Kinder haben würde, was sollte sie dann mit einem Mann, dessen beliebtester Satz „Mhm!" war?

Kinder! Wie konnte sie mit jemandem, den sie nicht liebte, das Bett teilen? Sie empfand eine so unüberwindbare Abneigung gegen diesen Gedanken, dass ihr übel wurde.

Rosie legte ihre Wange an das kühle Holz der Wand und schloss die Augen. Die einzige Möglichkeit, dieses Drama zu verhindern, war wegzugehen. Ob mit oder ohne Jason. Sie konnte nicht sicher sein, dass er wegen ihr seine Familie, die ihn brauchte, verlassen würde. Nein, mehr noch, sie *konnte* es nicht verlangen. Deshalb würde sie Jason auch nicht informieren.

Noch war Zeit. Die Hochzeit wäre erst im November, dann, wenn alle Hochzeiten stattfanden. Bis dahin würde sie wissen, wohin sie gehen konnte. Immerhin würde sie dank ihrer Erfahrungen in der Backstube von ihrer Hände Arbeit leben können. Lieber ein unglückliches Leben alleine führen, als neben einem Mann zu liegen, zu leben, zu arbeiten, das Intimste zu teilen, den sie verabscheute. Nicht als Person, aber als ihren zukünftigen Ehemann.

Tränen traten in ihre Augen. Sie wusste, dass es Selbstmitleid war. Unzählige Amisch-Frauen hatten das gleiche Schicksal erlebt und es durchgestanden. Aber Rosie wusste, dass sie niemals so stark sein konnte.

Bevor sie in die Stube ging, erfrischte sie ihr Gesicht im Badezimmer. Dann straffte sie sich, ordnete ihr Kleid und prüfte den Sitz der *Kapp*.

„Guten Abend, Daniel Miller. Schön, dich zu sehen", grüßte sie freundlich und wie es sich für eine junge, unverheiratete Frau gegenüber einem älteren Besucher gehörte.

„Guten Abend, Rosie. Ist dein Tagwerk für heute beendet?" Daniel Miller musterte sie.

Sie hielt seinem Blick stand. „Ja, für heute. Aber morgen haben wir ja auch geöffnet."

„Arbeit schadet nichts."

Was für ein Hinweis sollte das sein? War sie ihm zu faul? Beinahe musste Rosie schmunzeln. Wenn ihm die Schwiegertochter zu faul wäre, könnte das auch ein Weg aus der Bedrängnis sein.

„Ganz meine Meinung. Deshalb werde ich jetzt auch den Abendbrottisch decken. Du bleibst doch zum Essen?"

Sie erging sich in den üblichen Höflichkeiten und brachte es sogar fertig, ein kleines Lächeln aufzusetzen.

„Warum nicht. Dann kannst du mir erzählen, wie du ohne Rosetta zurechtkommst."

„Sicher, Daniel. Gerne."

Immerhin war Dan nirgends zu sehen. Er war vielleicht schon früher nach Hause gegangen, oder besser: geschickt worden.

Rosie fragte sich, wieso sich ein junger Mann von beinahe Mitte Zwanzig sich so gängeln ließ? Andererseits hatte er als Junggeselle auch nicht den Status eines verheirateten Mannes, so dass es ganz normal war, auf seinen Vater zu hören, unter dessen Dach er noch lebte.

Ihre Mutter hatte den Besucher offensichtlich nicht erwartet. Es gab lediglich einen Hackbraten mit Kartoffeln und einen Pudding als Nachtisch. Beides war gleichermaßen lecker und an jedem anderen Tag hätte sich Rosie bei der Größe ihrer Portionen zurückhalten müssen. Heute hatte sie keinen Appetit.

Die Mahlzeit verlief angespannt. Obwohl sich die Nachbarn Daniel und John von klein auf kannten, waren sie erstaunlicherweise befangen.

Elizabeth, die sonst so herzlich und warmherzig war, verhielt sich distanziert. Und Rosie beantwortete die Fragen Daniels kurz und knapp. So knapp, wie es gerade noch der Höflichkeit entsprach, aber sicher weit entfernt von jeglicher Begeisterung, weder für den Gast noch für die Unterhaltung.

Noch erstaunlicher gestaltete sich die Tatsache, dass es Elizabeth war, die die Mahlzeit beendete, was extrem ungewöhnlich erschien, wenn ein männlicher Hausgast zu Besuch bei ihrem Ehemann war. Sie stand auf, nachdem Daniel seinen Löffel in sein Nachtischschälchen gelegt hatte und ganz offensichtlich noch nachnehmen wollte. Sein Arm, mit dem er den leckeren Pudding greifen wollte, blieb auf halbem Wege stehen, da Elizabeth ihm die Schüssel praktisch vor der Nase wegzog. Sie begann abzuräumen.

John nahm es zur Kenntnis, innerlich tobend, doch äußerlich die Contenance bewahrend. Mühsam, wie es Rosie schien, die durch das Verhalten ihrer Mutter ein wenig Hoffnung schöpfte. Konnte sie daraus ablesen, dass auch ihrer Mutter dieser Kuhhandel missfiel?

Sie stand ebenfalls auf und räumte die Teller ab. Rasch ließ sie Spülwasser ein und erledigte das Abwaschen ebenso eilig. Nach kürzester Zeit entschuldigte sie sich und entschwand erleichtert nach oben in ihr Zimmer.

Was für eine Farce! Ihr Vater machte Ernst. Und Daniel Miller auch. Es drängte sie danach, Jason Bescheid zu sagen, aber sie unterließ es dann doch. Sie wollte unbedingt zuvor wissen, wie ihre Mutter zu all dem stand. Vielleicht waren ihre Beobachtungen richtig und sie hatte in ihr eine Verbündete.

In dieser Nacht schlief Rosie trotz ihrer Erschöpfung schlecht. Ständig schwirrten in ihrem Kopf Szenen einer zukünftigen Ehe mit dem ungeliebten Mann herum. Wenn sie doch kurz einnickte, weckten sie gruselige Träume, in denen sie vergessen in einem Verlies schmorte, sogleich wieder.

Der nächste Morgen brachte einen zauberhaften, vielfarbigen Sonnenaufgang und eine etwas ruhigere Betrachtungsweise dessen, was in ihrem Elternhaus vorging. Wie sie gestern Abend schon einmal kurz gedacht hatte, hätte sie eine Galgenfrist bis zum Herbst. Allerdings war dies eine Milchmädchenrechnung, da sie eigentlich nur schwerlich wieder aus der Sache herauskommen konnte, wenn die Verlobung erst einmal öffentlich gemacht worden war. Sie war um vier Uhr aufgestanden und buk die Samstagsbrötchen. Dazwischen füllte sie zwei Nusscremetorten und eine Pflaumencremetorte, die sehr selten verlangt und nur auf Bestellung hergestellt wurde. Allerdings gab es eine weltliche Kundin, die diese Torte liebte und alle paar Wochen aufs Neue in Auftrag gab.

Rosie stellte die fertige Torte bis zur Abholung in den Kühlschrank und begann, die Backstube zu säubern, als ihre Mutter hereinkam.

„Wir sollten reden, Rosie", begann sie ohne Umschweife.

„Hilft es denn noch etwas, wenn wir reden? Bisher hat noch niemand mit mir geredet. Ich habe das Gefühl, dass auch mit Dan noch niemand geredet hat. Also wird es auch nicht nötig sein, jetzt noch etwas dazu zu sagen, so wie ich das sehe", gab Rosie trotzig zurück ohne ihre Mutter anzusehen.

„Es gefällt mir nicht, wie du mit mir sprichst!", wies Elizabeth ihre Tochter zurecht.

Rosie, die mit dem Säubern des Arbeitstisches beschäftigt war, hielt in der Bewegung inne und richtete sich auf.

„Nein? Es gefällt mir auch nicht, was ihr ohne mein Wissen betreibt. Welchem Zweck dient dieses Spielchen? Warum tut ihr so was?" Rosie wusste es längst, aber sie wollte es aus dem Munde ihrer Mutter hören.

„Du brauchst einen Mann, der zu dir steht und mit dem du gemeinsam das Geschäft weiterführen kannst. Dann ist euer Unterhalt gesichert."

Rosie erkannte, dass ihre Mutter sich bemühte, ruhig zu bleiben.

„Und *euer* Unterhalt, nicht wahr?" Rosies Stimme wurde ätzend. Sie war so wütend, dass es ihr unmöglich war, sich zu zügeln.

Vom Treppenhaus her, betrat ihr Vater mit schwerem Schritt polternd die Backstube.

„Diese Frechheit hat deine Mutter nicht verdient. Du wirst dich jetzt zusammenreißen und dankbar dafür sein, dass du in diesen schwierigen Zeiten hier im Dorf ein gesichertes Auskommen hast. Und deine Mutter hat absolut recht, wenn sie sagt, dass du einen Mann an deiner Seite brauchst, der mit dir an einem Strang zieht. Dan wird dieser Mann sein. Er ist fleißig, zuverlässig und ordentlich. Er wird dich gut behandeln."

Ganz offensichtlich bemühte sich auch ihr Vater darum, die Situation nicht eskalieren zu lassen.

Rosie schwieg erst einmal. Nun kannte sie die Einstellung ihrer Eltern aus ihrem eigenen Mund. Nach wie vor hatte sie das Gefühl, dass ihre Mutter nicht ganz so überzeugt von der ganzen Sache war wie ihr Vater. Aber das half ihr jetzt im Moment nicht weiter. Statt sich widerborstig zu geben, überlegte sie sich sehr gut, was sie sagte.

„Es gefällt mir nicht, dass ihr den Mann für mich aussucht. Ich hätte das auch alleine geschafft. Was erwartet ihr also von mir?", fragte sie schließlich mit beinahe gleichgültiger Stimme.

Elizabeth, die ihre Tochter naturgemäß sehr gut kannte, runzelte die Stirn. Was bezweckte Rosie?

Ihr Vater konnte nicht so gut in seiner Tochter lesen wie die Mutter.

„Wir werden am nächsten freien Sonntag bei den Millers zum Abendessen zu Gast sein. Dann wird sich Dan erklären."

Auch die Stimme ihres Vaters klang gelassener als zuvor noch. Er ging davon aus, dass Rosie sich fügen würde.

„Der nächste freie Sonntag ist morgen", stellte Rosie sachlich fest.

Tatsächlich hatte sie nicht damit gerechnet, so bald schon mit den Tatsachen konfrontiert zu werden.

„In zwei Wochen. So ist es ausgemacht."

Ihr Vater drehte sich um und verließ die Backstube.

Elizabeth senkte den Kopf und folgte ihm.

Rosie hatte Mühe, sich zusammenzureißen bis sie wieder alleine im Raum war. Dann setzte sie sich tief atmend. Wie immer, wenn sie sehr erregt war, wurde ihr schwindelig und die Brust wurde ihr eng. Sie trank einen Schluck Wasser und wartete, bis das beängstigende Gefühl abgeflaut war. Dann holte sie die überfälligen Brötchen, die ein wenig brauner als beabsichtigt geworden waren, aus dem Ofen. Nun denn, dann würden die Kunden heute eben dunklere Brötchen kaufen müssen.

Kapitel 16

Während der nächsten Tage überlegte Rosie in der Backstube das weitere Vorgehen. Ihre Situation hier war aussichtslos. Natürlich hätte sie sich weigern können, aber was würde daraus folgen? Aufruhr im ganzen Ort. Ein ungehorsames Mädchen war des Vaters Plage. So oder so ähnlich stand es in der Bibel, wie der Bischof nicht müde wurde, immer wieder einmal langatmig zu predigen.

Ein anderes Problem hing allerdings mit dem Bischof zusammen oder besser gesagt: mit dem, woran sie glaubte. Ihre amische Erziehung, die Glaubensunterweisung in der Sonntagsschule, die sie als Kind erhalten hatte, alles, was ihr Leben ausmachte, würde sie aufgeben, wenn sie die Gemeinschaft verließ. Der Gedanke daran brach ihr das Herz. Würde sie für Gott auf ewig verdammt sein, wenn sie wegging? Diese Frage trieb sie lange um, dann machte sie sich kurzentschlossen auf den Weg zu Bischof Hershey. Sie musste Gewissheit erlangen! Was sie tun würde, wenn seine Antwort nicht in ihrem Sinne ausfallen würde, hatte sie nicht bedacht.

Bischof Hershey hatte wie alle Bauern im Frühjahr eine Menge Arbeit. Sie traf ihn an der Pferdekoppel, wo er gerade dabei war, die beiden Arbeitspferde anzuschirren.

„Rosie Byler? Was führt dich denn zu mir?"

Der unter der Last seines Amtes gebeugte alte Mann, ließ die Zügel, die er gerade befestigt hatte, hängen und kam auf Rosie zu. Die Balken der Koppel trennte sie.

Rosie wusste, wie schwierig es war, all die Entscheidungen für die ganze Gemeinschaft alleine oder auch mit Hilfe der übrigen Prediger oder der Ältesten tragen zu müssen.

Letztendlich war es seine Sache, wie gut oder wie schlecht es den Schafen seiner ihm anvertrauten Herde gehen würde.

„Bischof Hershey, ich habe ein Problem und weiß nicht, wie ich damit umgehen soll", begann sie vorsichtig. „Ich spreche mit dir im Vertrauen."

„Natürlich werde ich niemandem von unserer Unterredung erzählen. Das ist eine Sache zwischen mir und dir. Was hast du auf dem Herzen?"

Nun stand sie vor dem mit einem mächtigen weißen Bart recht eindrucksvoll wirkenden und respekteinflößenden Mann und wusste nicht recht, wie sie beginnen sollte.

„Ich möchte gerne eine gute Dienerin des Herrn sein", begann sie also ein wenig abstrakt.

Bischof Hershey wartete geduldig ab. In den vielen Jahren, seit das Los nach dem Tod des alten Bischofs auf ihn gefallen war, hatte er an Erfahrung gewonnen. Viele der Menschen, die ihn um Rat fragten, brauchten eine Weile, bis sie sich erklären konnten.

„Also, ich will nichts tun, was dem Herrn missfällt."

Wieder brach Rosie ab.

„Was könnte dem Herrn denn missfallen?"

„Ich möchte heiraten."

„Das gefällt dem Herrn."

„Aber es ist ein Mann, den meine Eltern nicht für gut erachten. Sie haben einen anderen für mich ausgesucht."

Jetzt war es ausgesprochen.

„Du bist kein Freund von Dan Miller?"

Offensichtlich wusste jeder schon darüber Bescheid! In Rosie kroch leiser Ärger hoch, den sie mit Macht zügelte.

„Ich … nein … er kommt für mich nicht in Frage."

„Warum nicht?"

Noch ahnte Rosie nicht, wohin der Bischof das Gespräch geschickt lenkte.

„Ich weiß nicht. Ich liebe ihn nicht."

Wie sollte sie dem Bischof ihre Abneigung gegen Dan erklären? Leise machte sich in ihr das Gefühl breit, dass sie besser nicht gekommen wäre. Er war ein Mann. Wie konnte er sie, ein junges Mädchen, verstehen?

„Liebe kann man lernen. Zuneigung, gemeinsames Arbeiten, eine Familie, all das bringt die Liebe von selber."

Rosie erkannte nun endgültig, dass Bischof Hershey nicht nur Bescheid wusste, sondern die Verbindung zwischen Dan und ihr auch in seinem Sinne war.

„Wieso möchten alle, dass ich Dan heirate?", forderte sie ihn deshalb ein wenig unziemlich heraus.

Der Bischof ließ sich Zeit mit seiner Antwort.

„Ich glaube", sagte er schließlich nachdenklich, „dass es nicht darum geht, was alle wollen. Ich glaube, dass du dich fragen solltest, was der Herr mit dir vorhat. Du weißt, was die Bibel über Kinder und ihre Eltern sagt. Du weißt, wie wir durch Arbeit, Gehorsam und Glaube unserem Gott dienen. Und du weißt auch, dass die Wege des Herrn oft nicht unsere Wege sind."

„Der Herr möchte, dass ich unglücklich werde?"

„Weißt du, dass du es wirst? Du sagst, du würdest dich für einen anderen Mann entscheiden. Weißt du, dass du glücklich wirst, wenn die erste Verliebtheit vorbei sein wird? Was ist eigentlich Glück? Besteht unser Glück nicht darin, dem Herrn zu dienen und ihm zu Gefallen zu sein? Das heißt nicht, dass unser Weg leicht ist. Genau das heißt es nicht." Bischof Hershey bekräftigte den letzten Gedanken noch einmal in eindringlichem Ton.

Rosie nickte. Was sollte sie auch sonst tun. Dann bedankte sie sich höflich und verabschiedete sich.

Der Besuch beim Bischof hatte ihr nicht die gewünschten Antworten geliefert. Genaugenommen war es recht unangenehm, dass er sie auf jene Tatsachen hingewiesen hat, die sie eigentlich wissen und befolgen sollte. *Der Wille des Herrn.* Das ist es, wonach die Amisch strebten. Wenn sie von sich behauptete, dass sie diesem Weg gerne und unbedingt folgen wollte, dann musste sie diesen Willen erkennen.

In der Welt draußen würde sie sich niemals zurechtfinden und auch nicht zurechtfinden wollen.

Bedeutete Gehorsam, dass sie sich von ihrer großen Liebe verabschieden musste, um den richtigen Weg einzuschlagen? Was war der richtige Weg in diesem Fall?

Konnte es nicht auch der richtige Weg sein, Jason zu heiraten? Rosie fühlte sich so zerrissen, dass sie die Tränen, die seit geraumer Zeit herausdrängten, nicht mehr zurückhalten konnte.

Sie schlug nicht den Weg zu ihrer Bäckerei ein, sondern betrat einen schmalen Waldweg, der jetzt nach der großen Schneeschmelze immer noch matschig vor ihr lag. Sie versuchte sich einen Weg durch den Morast zu bahnen, ohne die Schuhe darin zu versenken, was sich als extrem schwierig erwies. Aber mit viel Geschick gelang es ihr, zu einem Ruhebänkchen zu gelangen, das etwas höher als der Weg lag und damit ein trockenes Plätzchen bot. Sie setzte sich darauf und überdachte ihre Lage erneut. Wahrscheinlich zum hundertsten Male inzwischen.

Ihre Gedanken drehten sich im Kreis. Gehorsam? Glaube? Liebe? Was …? Rosie schaffte es nicht einmal, ihr Problem in eine Frage zu fassen. Wie sollte sie sich dann zu einer Lösung, oder zumindest zum Ansatz einer Lösung durchringen zu können?

Für einen Moment schloss sie die Augen und ließ den Wind in ihr Gesicht wehen. Als sie die Augen wieder öffnete, fiel ihr erster Blick auf ihre Hände, die in ihrem Schoß ruhten. Sie hatte kleine Hände, von beinahe kindlicher Größe. Eine Idee schoss ihr in den Kopf. Plötzlich und unvermittelt. Und das Beste war, selbst ihr Vater konnte sich dieser Bitte nicht verschließen.

Fast ungeduldig tappte sie um die morastigen Stellen herum zurück auf die Straße. Jetzt, jetzt sofort musste sie erfahren, wie ihr Vater zu dieser Bitte stehen würde.

Im Laden angekommen fragte sie Wendy, ob sie noch etwas länger alleine zurechtkommen würde. Wendy nickte. Zu dieser Jahreszeit kamen die Touristen erst nach und nach und die normale, tägliche Kundschaft konnte auch einer alleine gut bewältigen.

Rosie ging zuerst in den Waschraum, um sich die Schuhe zu säubern und das Gesicht zu waschen. Dann schaute sie in die Stube, wo sie ihre Mutter beim Kochen antraf.

„Wo warst du gerade? Wendy sagte, du seist weggegangen."

Elizabeth schaute kurz in die Höhe, um sich dann sofort wieder ihrem Strudelteig zu widmen.

„Ich war bei Bischof Hershey. Wir haben miteinander gesprochen und ich werde darüber nachdenken. Aber ich muss mit dir und Dad sprechen. Ist er da?"

„Draußen, ich glaube, in der Scheune."

„Kannst du kurz mit rauskommen? Es ist mir wirklich wichtig."

Elizabeth säuberte sich die Hände und folgte Rosie hinaus in die Scheune, wo ihr Vater damit beschäftigt war, Anzuchttöpfchen aus einem Regal zu holen. Verwundert hielt er in der Bewegung inne.

„Was ist los?" Johns Stimme klang eine Spur zu misstrau-
isch und Rosie setzte ein entwaffnendes Lächeln auf.
„Ich habe Mama gebeten, mit heraus zu kommen, weil ich
etwas mit euch besprechen muss."
Dads Miene entspannte sich noch nicht. Er folgte den bei-
den Frauen hinaus ins Freie, in die Ecke zwischen Scheune
und Hühnerhaus, die von außen nicht einsehbar war.
„Ich war gerade bei Bischof Hershey. Ich habe ihn um Rat
gefragt, was eure Pläne mit Dan und mir betrifft."
Schon wollte ihr Vater energisch dazwischen gehen, doch
Rosie besänftigte ihn mit einer Handbewegung.
„Bitte, Dad, warte, was ich zu sagen habe."
Tatsächlich schwieg John. Elizabeth sah ratlos aus und
hoffte, dass ihre Tochter endlich zum Punkt kommen
würde.
„Bischof Hershey hat mir einiges gesagt, was mir zu denken gegeben hat", begann Rosie und wandte sich dann di-
rekt an ihren Vater. „Ich verstehe jetzt, wieso ihr, du und
Daniel Miller, so handelt. Aber ich brauche jetzt auch euer
Verständnis. Ich bin noch nicht einmal achtzehn Jahre alt.
Ich fühle mich einfach nicht alt genug, um Ehefrau und
womöglich bald Mutter zu sein. Gerade eben habe ich in
alleiniger Verantwortung Rosettas Geschäft übernommen,
was schwierig genug ist. Lasst mich doch bitte einmal Luft
holen. Ich bitte euch also darum, mir ein Jahr Zeit zu geben.
Ein Jahr, in dem ich es lernen kann, die Bäckerei so einzu-
teilen, dass ich auch noch einen Haushalt führen und für
einen Ehemann und Kinder sorgen kann."
Rosie hätte noch viel mehr zu sagen gehabt, aber sie erkannte, dass der Worte auch zu viel sein konnten, zumal
sie deutlich gemacht hatte, worum es ihr ging. Besorgt
blickte sie zu ihrem Vater auf, der einen guten Kopf größer
als sie selber war. Aus den Augenwinkeln erkannte sie,

dass tatsächlich ihre Mutter das Wort als Erste ergreifen würde.

„Rosie hat recht. Du weißt genau, dass sie zwar eine hervorragende Bäckerin ist, aber ihre Kochkünste durchaus noch zu wünschen übriglassen. Was sie gesagt hat, ist sehr vernünftig."

John nahm seinen Hut ab und klopfte ihn nachdenklich an seinem Schenkel aus.

„Aber Dan ist fast vierundzwanzig", wandte er ein.

Ein kleiner Stachel der Eifersucht traf Rosie. War Dan ihrem Vater am Ende wichtiger als sie selber?

„Dad. Ich weigere mich doch gar nicht. Ich sagte ja, dass ich darüber nachgedacht habe. Auch wenn Dan fast vierundzwanzig ist, so macht ein Jahr mehr oder weniger doch nichts mehr aus."

„John, sie hat recht."

Elizabeth wurde selten forsch, doch diesmal musste sie Rosie zu Hilfe eilen. Es war eine Chance, dieser fixen Idee der beiden Väter noch ein wenig Zeit zu geben. Wertvolle Zeit, in der sich vielleicht eine andere Lösung abzeichnen konnte. Rosie ahnte nicht im Entferntesten, dass sie in ihrer Mutter eine geheime Verbündete hatte, aber deren Unterstützung tat ihr gut.

„Gut, ich rede mit Daniel Miller. Ich will nicht, dass es heißt, ich hätte meine Tochter an den Mann bringen wollen, weil kein anderer sie wollte."

Rosie biss sich auf die Lippen. Das Gerede ihres Vaters war so ungerecht und sie hielt es nur schwer ohne Widerrede aus. Aber letztendlich hatte sie erreicht, was sie wollte: eine Galgenfrist. Also riss sie sich zusammen.

„Auf diese Weise werde ich auch genügend Zeit haben, mich auf meine Taufe vorzubereiten. Auch das hat mir Sorge bereitet."

Dieser spät ausgespielte Trumpf beeindruckte ihren Vater immens. Er verzog die Lippen zu einem kleinen Lächeln.

„Damit hast du sicher recht. Ich werde es Daniel Miller mitteilen."

Rosie war so erleichtert, dass sie vergaß zu atmen. Erst, als ihre Lungen einen tiefen Atemzug forderten, merkte sie es. Sie entspannte sich.

„Dann gehe ich mal wieder an meine Arbeit."

Sie nickte ihren Eltern zu und verschwand im Haus.

Nun würde sie zum einen Zeit haben, ihre Gedanken zu sortieren und in sich zu gehen. Vielleicht würde ihr sogar die Taufvorbereitung helfen, einen klareren Kopf zu bekommen. Die größte Schwierigkeit jedoch stand ihr noch bevor. Sie musste mit Jason reden. Dem Jason, den sie über alles liebte und den sie aufgeben musste, weil der Herr es so wollte.

Rosie hielt ihr Versprechen. Sie hatte zwei Wochen benötigt, ihr Geschäft so zu organisieren, dass sie ihrer Mutter regelmäßig dabei helfen konnte, das Abendessen zuzubereiten. An jenen Abenden, da sie die Chefköchin im Hause der Bylers war, schaute regelmäßig Dan vorbei, der jetzt wieder bevorzugt im Hof seines Vaters arbeitete und nur dann und wann bei den Bylers aushalf.

Aber immer, wenn er am Tisch saß, wirkte er angespannt. Manchmal hatte Rosie sogar den Eindruck, dass er sich über etwas ärgerte oder so verstimmt war, dass er es nur schwer verbergen konnte.

Rosie hatte noch ein anderes, ein stillschweigendes Versprechen gegeben. Sie wollte dem Herrn gefallen und gab sich alle Mühe, Dan zu mögen. Während der Mahlzeiten erzählte sie von der Bäckerei, versuchte sogar, Dan über die Farmarbeit oder seinen Tag auszufragen. Doch mehr als ein „Mhm", oder „Gut", oder „Schlecht" oder sonst ein einsilbiges Wort erntete sie selten für ihre Bemühungen. Dann erzählte sie einfach weiter. Das musste sie üben. Für die Zukunft, die genauso aussehen würde.

Rosie sah nicht, dass dem anfänglichen Stirnrunzeln ihrer Mutter bald auch ein Stirnrunzeln ihres Vaters gefolgt war. Die im wahrsten Sinne des Wortes vorhandene Einsilbigkeit ihres häufigen Gastes irritierte sie zusehends und an manchen Tagen, an denen sich Dan besonders zugeknöpft gab, zweifelte selbst John an seinem Vorhaben. Irgendwann würde er der *Großdaddy* im Haus und in vielem von seinem Schwiegersohn abhängig sein. Er fragte sich, wie diese Abhängigkeit wohl mit Dan aussehen würde.

Rosie ahnte von diesen geheimen Gedanken ihres Vaters nichts. Stattdessen dachte sie wochenlang an ihr Gespräch mit Jason. Es war seltsam verlaufen.

Sie hatte Jason die Wahrheit gesagt. Ohne Umschweife. Alles, was ihre Eltern und auch der Bischof ihr gegenüber vorgebracht hatten. Sie hatte ihm auch nicht verschwiegen, dass sie sich immens schwer mit Dan tat.

Als sie zu dem Teil der ganzen unglücklichen Geschichte kam, in dem sie ihm von Gottes Willen erzählte, den sie zu tun gedachte, senkte er den Kopf.

„Bist du sicher, dass das Gottes Wille ist? Oder ist es der Wille deines Vaters?", hatte er zu bedenken gegeben. Mit Trauer in der Stimme.

„Deshalb habe ich um Bedenkzeit gebeten. Vielleicht komme ich dem Herrn näher, wenn ich mich auf die Taufe vorbereite. Und erkenne dann besser, was er von mir erwartet."

„Ein Jahr also, was?"

Sie hatten sich hinter die Büsche neben der Koppel gesetzt und die Sterne beobachtet. Dann hatte Jason Rosies zierliche Hand genommen und an seine Wange geführt.

„Ein Jahr, in dem *ich* darum beten werde, dass der Herr diesen Kelch von dir nimmt."

„Bete lieber darum, dass ich erkenne, was sein Wille ist."

Rosie hatte ihre Hand zurückgezogen und war aufgestanden.

Jason war sitzengeblieben und schaute im zwielichtigen Mondschein zu ihr auf.

„Ich werde warten, Rosie. Auf deine Entscheidung. Aber mache es auch zu *deiner* Entscheidung. Nicht zu der deines Vaters."

Sie hatte es ihm versprochen und seither sann sie pausenlos darüber nach.

Ist sie womöglich durch die Worte des Bischofs und den Befehl ihres Vaters in eine falsche Richtung gelenkt worden? War es am Ende gar nicht ihr Lebensweg, sondern lediglich die Wunschvorstellung ihrer Eltern? Mit diesem Gedanken fiel es ihr wieder leichter, ihr Dilemma in zweierlei Licht zu sehen. Sie würde sich nicht fügen müssen. Stattdessen konnte sie wieder darüber nachdenken, wie sie dieser Klemme entkommen konnte.

Am nächsten Dan-Abend hatte sie ihre Lieblingsspeise gekocht. Gebratenes Hähnchen mit Kartoffelsalat und Laugenbrezel. Nichts, was bei den Amisch ein typisches Gericht wäre, aber Rosetta hatte es in die Byler-Familie mitgebracht und Rosie liebte es. Sie wollte sehen, wie es bei Dan ankam. Rosie wusste selber nicht genau, warum sie auf dieses Gericht gegen den Rat ihrer Mutter bestanden hatte. Vielleicht wollte sie Dan damit herausfordern.

Falls sie das vorgehabt hatte, war es ihr gänzlich gelungen. Dan nahm, ebenso wie der Rest der Familie, die Finger für den Vogel, aber Kartoffelsalat und Laugenbrezel ließ er links liegen.

„Magst du denn keinen Kartoffelsalat?", fragte Rosie höflich.

„Ich mag Hähnchen oder Kartoffelsalat, aber nicht beides zusammen."

Es war der erste zusammenhängende Satz, den die Bylers beim Abendessen jemals von Dan gehört hatten. Alle hörten augenblicklich mit dem Essen auf.

„Aber das Hähnchen und die Brezel isst man mit den Fingern und den Salat kannst du ja mit der Gabel aufnehmen", beharrte Rosie, ein wenig amüsiert.

Aus irgendeinem Grunde gefiel ihr seine Reaktion

„Eben", gab er zurück.

Keiner der Anwesenden wusste, wie er das gemeint hatte. Rosie, die besonders gute Laune hatte, plauderte munter drauflos und war dankbar dafür, dass die Rezepte ihrer Großmutter nun ausreichend Gesprächsstoff boten. Dan hingegen verabschiedete sich rasch, genaugenommen vor dem Dessert, einem Obstsalat.

Und zum ersten Mal drängte sich in Rosies Gehirn der Gedanke, dass Dan mit der Übereinkunft ihrer Eltern vielleicht auch nicht so glücklich sein könnte. An die Möglichkeit, dass Rosie ihm nicht gefallen könnte, hatte sie überhaupt noch niemals zuvor gedacht. Während sie nach dem Spülen die Teller im schweren hölzernen Buffetschrank verstaute, dachte sie fortwährend darüber nach. Warum nur war sie nicht schon früher darauf gekommen? Die Idee ergriff derart Besitz von ihr, dass sie eine schwungvolle Melodie aus dem *Ausbund*, ihrem Kirchengesangbuch, summte, ohne dass ihr das bewusst gewesen wäre. Sie erkannte es erst an dem Stirnrunzeln ihres Vaters, dem offensichtlich gerade nicht nach Singen zumute war, und verstummte. Sich unbeliebt bei Dan zu machen, konnte die Lösung ihres Problems sein.

Wie nahe sie lag, konnte Rosie in diesem Augenblick noch nicht wissen, denn auch Dan hatte sich fortwährend seine Gedanken gemacht. Wie dringend sein Vater ihn verheiratet haben wollte, wusste er auch zuvor, allerdings hätte er niemals gedacht, dass Daniel derart weit gehen würde.

Deshalb bat er, in einem für ihn langen Monolog, seine Eltern, die Bylers für den nächsten Abend einzuladen.

Er brachte diese Bitte derart neutral vor, dass seine Eltern davon ausgingen, er würde sich endlich erklären, denn dies war nicht Sache des Vaters, sondern die ureigenste des zukünftigen Bräutigams.

Kapitel 17

Als Rosie von der Einladung hörte, musste sie sich vor Schreck übergeben. Ihr war den ganzen Tag über schwindelig und ihre Knie zitterten. Zwei leckere Tortenstücke fielen ihr von der Schaufel auf den Boden.

Würde ihr schöner Plan mit der Bedenkzeit nun nichts mehr wert sein? War Daniel Miller der Meinung, sie würde Dan nur hinhalten wollen? Was genaugenommen ja nicht unbedingt falsch war. Und würde sie keine Gelegenheit mehr haben, Dan davon zu überzeugen, dass sie gar nicht zu ihm passen würde?

Glücklicherweise kam die Einladung am selben Vormittag, so dass Rosie nicht auch noch eine Nacht darüber schlafen musste.

Wie sie es letztendlich an diesem Abend zu den Millers hinübergeschafft hatte und es ihr gelang, Haltung zu bewahren, wusste sie selber nicht. Jedenfalls saßen sie nun am Tisch der Millers, einen Rinderbraten mit Kartoffelbrei vor sich, und in Erwartung dessen, was da kommen würde. Erstaunlicherweise fühlte sich niemand wohl in der Runde. Elizabeth nicht, weil sie ohnehin immer gegen den Händel war, John, weil er zu seinem Wort stehen musste, obwohl er inzwischen arge Bedenken hegte, Ruth Miller, die ebenso wenig Freund der ganzen Sache war, wie Elizabeth und Daniel, dem die plötzliche Bitte seines Sohnes recht eigenartig vorkam.

Rosie und Dan waren ja nicht gefragt worden.

Die Mahlzeit verlief angespannt. Niemand redete ein Wort, zuerst wurde gegessen, genaugenommen recht schnell gespeist, um der Sache ein wenig Geschwindigkeit zu verleihen. Nach dem Nachtisch räumte Ruth Miller das Geschirr rasch ab. Die übrigen Miller-Kinder, die noch im Hause wohnten, waren den Abend über nicht zu sehen gewesen. Rosie vermutete, dass sie bei ihrem großen Bruder zu Gast und damit aus dem Weg waren.

Als sie schon nicht mehr in der Lage, sich auf dem Stuhl festzuhalten, und drauf und dran war, aufzubegehren, kam Leben in Dan, der bisher stocksteif seine Mini-Portion verdrückt hatte.

„Dad, Mr. Byler, ich habe nachgedacht. Es passt mir nicht."

Um sich umschweifig zu erklären fehlten Dan eindeutig die Worte.

Aber Rosie verstand ihn. Und sie konnte kaum glauben, was sie da hörte. Konnte sich ihr Problem womöglich in Luft auflösen? Oder beabsichtigte Dan sie mit dieser Einladung zu einer raschen Hochzeit zu drängen? Dan spannte sie nicht länger auf die Folter.

„Ich mag sie nicht."

Selbst unter den geradlinigsten Amisch war dies eine grobe Unhöflichkeit.

Rosie öffnete den Mund und atmete hörbar ein. Was fiel diesem Kerl ein?

„Sie redet so schrecklich viel", erklärte Dan weiter an die Männer gewandt. „Und sie ist zu dick."

Nun atmeten die drei Frauen hörbar ein. Wie ungehobelt! Daniel Miller fühlte sich alles andere als wohl in seiner Haut. Aber selbst er war so überrascht, dass er seinen Sohn in diesem Moment nicht zurechtweisen konnte.

Dafür hatte sich Rosie sortiert. „Ich glaube gerne, dass ich in deinen Ohren zu viel rede. Für mich fühlte sich das immer an, als hätte ich gegen eine Wand geredet. Ohne Echo!", empörte sie sich. „Und Schönheit liegt im Auge des

Betrachters. Ich halte dir zugute, dass du dich noch nie im Spiegel gesehen hast, mein Lieber. Oh, Dad. Ich möchte gehen! Mr. und Mrs. Miller, vielen Dank für die Einladung. Das Essen war sehr lecker."

In diesem Moment war es ihr vollkommen egal, wie wohlerzogen sie sich geben sollte. Dies war kein Abend für wohlerzogene junge Damen! Schon eher einer für wütende Frauen.

Sie erhob sich resolut vom Tisch und ging auf die Haustüre zu. Schwungvoll holte sie ihren Umhang vom Haken und verließ das Miller-Haus. Ob ihr Vater und ihre Mutter folgten, war ihr in diesem Moment einerlei.

Genaugenommen war es ihr ganz recht, dass sie allein voran hastete. Auf diese Weise konnten ihre Eltern ihr Lachen nicht sehen, das sie nicht länger verbergen konnte. Niemals wäre sie auf so eine Lösung des Problems gekommen! Jason würde die Neuigkeiten bald hören. So etwas konnte sich in Amisch-Land nie lange verheimlichen lassen und es war auch nicht im Sinn ihrer Gemeinschaft, etwas vor Anderen zu verheimlichen. Mit Peinlichkeiten, wie Dan sie heute geliefert hat, musste man eben leben. Sie übrigens auch, denn immerhin war sie aufs Rüdeste zurückgewiesen worden. Der Wermutstropfen in der ganzen Sache war, dass auch andere Männer sie nun als mangelhaft wahrnehmen würden. Eine junge Frau, die einmal derart zurückgewiesen worden war, musste einen Makel haben und Dan hatte ihre Makel ja deutlich benannt. Ein wenig Angst hatte sie schon davor, was Jason zu all dem sagen würde. Aber in diesem großartigen Moment konnte nichts ihre Hochstimmung trüben.

Ohne darüber nachzudenken, lief sie über die Wiesen hinaus zum Anwesen der Burkholders. Sie musste Jason sofort sehen! Als sie an die Vordertür klopfte, hörte sie drinnen Stühlerücken und erhobene Stimmen. Niemand rechnete um diese Zeit mit Besuch.

Millie öffnete die Tür.

„Mama, da ist eine Dame", meldete sie nach hinten und ihr Vater war sogleich bei ihr.

„Rosie Byler. Guten Abend." Phil Burkholder wartete ab, was sie über den Grund ihres Besuches vorbringen würde.

„Bitte, Mr. Burkholder, ich muss dringend Jason sprechen." Rosie hatte den Satz noch nicht vollendet, als Jason sich in den Vordergrund drängte.

„Rosie? Was um Himmels Willen ist passiert?" Ein Blick auf Rosies erhitztes Gesicht und ihre immer noch heitere Miene sagte ihm, dass sehr wohl etwas passiert sein musste, allerdings eher etwas Erfreuliches.

„Dad, ich gehe mit Rosie noch ein paar Schritte." Jason wartete nicht auf die Zustimmung seines Vaters, sondern schlüpfte zwischen ihm und seiner Schwester durch die bis dahin immer noch geschlossene Fliegentür, die zu Millies Freude quietschend zu fiel.

Rosie konnte es kaum erwarten, Jason alles zu erzählen, aber zuerst musste sie ihn umarmen und ihn küssen. Als sie ihn losgelassen hatte und er nach dem unverhofften Überfall wieder Luft holen musste, hielt er sie an ihrer Schulter fest und schob sie ein wenig auf Abstand.

„Du liebe Zeit, Rosie! Nun erzähl doch endlich."

„Dan will mich nicht!" Jetzt war es gesagt und statt, dass sie über Dans Abfuhr Ärger empfand, war es, als würde ihre Freude sich in einen Schwarm Vögel verwandeln und um ihren Kopf tanzen. „Ich rede zu viel und bin ihm zu dick."

„Du bist … ihm nicht gut genug?" Jason fand kaum Worte über diese Unverfrorenheit.

„Ach, vergiss ihn. Der Weg für uns ist frei! Ist das nicht wundervoll?" Rosie drehte sich schwungvoll einmal um sich selber.

Endlich sackte der Kern der Nachricht auch in Jasons Gehirn.

„Du bist frei? Und wir können in Ruhe einen Weg finden, der unsere Familien zufriedenstellt?" Nun war es Jason, der Rosie an der Hüfte nahm und sie voller Freude in die Höhe hob.

„Rosie Byler. Werde meine Frau. So bald wie möglich. Und wenn du meine Frau bist, dann werden wir uns Gedanken darüber machen, wie wir alles unter einen Hut bringen!"

„Jason Burkholder! Es ist mir eine Ehre, deine Frau zu werden. – Und wir werden einen Weg finden. Weil wir nach unserer Hochzeit einen Weg finden müssen."

Jason lachte. Ja, das war Rosies Logik. Er liebte diese Frau. Und sie liebte ihn.

Das Leben war wundervoll!
Und das Beste daran war, dass es jetzt erst richtig beginnen würde!

Lydia Preischl

„Nicht von dieser Welt"

Teil 1 „Die wilden Jahre"
Teil 2 „Die Rückkehr"
Teil 3 „Das Ende der Reise"

Markus Troyer beschließt, die Gemeinschaft der Amisch zu verlassen. Der Zufall will es, dass er in der Welt der „Englischen" Karriere macht. Doch seine Herkunft hat er nie vergessen, mehr noch: Es drängt ihn zurück in die Welt seiner Kindheit. Da kreuzt Lena seinen Weg, die ihrerseits auf der Suche nach Antworten ist. Sie verlieben sich, aber ihre Wege trennen sich wieder.

Gelingt es Markus und Lena, Antworten auf ihre Lebensfragen zu finden?

Weitere Bücher von Lydia Preischl:

Eine unbedeutende Episode

Familie Krämer versteckt in den letzten Jahren des Krieges einen entflohenen Kriegsgefangenen.
Das Leben aller Beteiligten gerät dadurch ins Wanken…

Das Jahr des Bären

Es ist Liebe auf den ersten Blick, als sich die Deutsche Theresa und der Kanadier Tim in London begegnen. Doch das Schicksal legt den beiden viele Steine in den Weg…

Vier Tage und ein Leben lang

Touristin Susanne wird in Australien Opfer einer Entführung – zusammen mit einigen anderen. Wohl werden sie befreit, doch jeder einzelne leidet unter dem Erlebten. Als nach fünfzehn Jahren die Entführer wieder auf freiem Fuß sind, droht die Vergangenheit die damaligen Opfer wieder einzuholen…